La Comedìa

di Pio Savelli

ISBN 9798843987077

La Comedìa
Canto 0

Disincanto.

Uno desio mi distringe
e mi 'nvoglia ad ogn'ora
pe' ciò son sì vergognoso
ma pur i' lo guardo ascoso:

bono o rio
niuno diradica
niuno àe più podere
de' sofismi d'esto,

'l mio genio
non per forza ma per sofismi
regnar si lascia:
e i' omo che segue 'l genio fui certo.

Quivi è mia però la città e
l'alto seggio
ch'è di fianco
all'imperador che in tutte parti impera.

Questi me caccerà p'ogne villa
s'i' abbandonassi la riviera, sua e mia.
Sol el pensier fa i polsi a me tremare:
a l'dilettoso monte deo remagnere como statua.

Ma anche l'adamàs se fende
oltre 'n parte sub vi de desio che
d'un parvo homo
ne fece 'olo caos.

Nulla pote n'dare contra
quel desio che m'avea
il cor compunto
ch'a li' s'inchin' ogni gentil vertute.

Ma quanne vertute,
quanna purezza
quando ancor già
tutto Eden fu.

'L mio desio
me comanda di scappare,
scappare dall'Eden,
scappare in un moto ch'è sì periglioso.

Ahi quanto a dir qual era è cosa dura
esto loco mero:
stanca la monotonia
scappa la pazzia.

Quand'i scappai
fu 'l genio a vir mia
che a tacer la mise
quea gnobile virtute.

Non fu la paura quea che
mi strinse nel lago del cor a
ritornar più volte vòlto
ve l'amor del pater mio.

Questi parea che già sapesse;
parea che l'azione mio
dal profondo sonno
'o fece destare.

Questi contra me veniva
con saette tra le spanne sue.
L'ira ne l'aere si riversa
tenebroso co li occhi fiammi

non parlò ma più parolc disse
non fu su' la vista sua àrdea
giammai persona viva
che pote raccontar dolore.

Du spanne mosse
ch'i' n'caduta
già mi ritrovai;
ma lui puta sè magno

ma non si è magni
esaudendo l'desio mio
d'andarmene risparmiando
me la fatica di scendere.

Mentre l'pensiero suo fu
di rovinarmi in basso loco,
il mio fu di non rovinarmi
seguendo 'l suo basso genio.

Ego a differenza d'egli
non deo mai aver bisogno de
esercitar potere e paura
per fare seguir i comandi

a tal punto sarà la grandezza mia
che al l'ode del nome mio
tutti i diversi che l'odono
inchinar devono esser già.

Giunto in basso loco
mi ritrovai per una selva oscura
ché 'l piano sì fece
perder viver coloro non degni.

Quando vidi un como loro,
da cui 'l genio mio ancor fuggiva,
nel gran atro che mi parve inanzi
presi parola:

«Mĕtŭĕre di me - gridai a lui
ch'apparve non cognoscer 'l loco -
qual tu sii, od ombra od angelo certo!»
ma sicuro cognoscere me.

Rispuosemi: «Non angelo, angelo già fui,
e li parenti miei furon del ciel di Giove,
del segno ideale con virtù suprema furon
per scelta de quello ambedui.

Geomètra fui, e costruii di quel falso
regno del pater che ordinava dall'alto
prima che l'abile portatore di luce fu esiliato
e a quelli l'ordine tolse.

Se tu mi fia degno
io per il me' del tuo regno
faccio e costruisco se tu dici
e sarò con te nel passo al più basso loco».

«Or se' tu quel geomètra e quella fonte
che spandi di progetti sì largo fiume?
E qual è, mastro, il nome tuo?»,
rispuos'io lui.

«Durante mi chiamarono,
or Dante mi chiamano.
Figlio di Bella dalla presta morte e dello
due volte Alighiero, sposo suo».

Pensai, poi dissi:
«O Dante, come re assoluto,
te, giuro che se aiuti al regno mio,
al magno regno mio,

a diventar ancor più magnifico
tanto da recar invidia
alla gente dalle belle ali;
io con te ne faccio giuramento:

tornerai omo certo,
spirito vivo avvolto da passioni,
e sarai costì da anima viva poiché
vuolsi così in codesto giuramento».

La Comedìa

Canto 1

«Costì io da homo torno?» rispuose, portando
non un de spann'su le labbra,
«Par terroso om ch'a riporge
per due volte stinte?»

«Ché questa bestia d'hom
non ascolti nessiun de li angeli.
Ché questa altia figura d'hom
non sia che sotto l'caduto 'mperador

I' or giammai più son del'eristico pater».
«Or ben figliuol mio
vogl'io disamina d'un certo loco
che sì tu devi dar fia».

Allor mi mossi, e 'gli mi tenne dietro.
«Per qui vo' udir le dichiarate strida,
vo' sentir li antichi spiriti pensanti,
ch'a la seconda morte ciascun grida».

«Mi padron,
perdon chiedo pel'interruzio,
non convien forse iniziar da l'
inizio d'esto dell'esti lochi?»

Perso di parol non volevo e tal:
«Non vien a me.
Fa', sia non ben selvaggia selva oscura,
che susciti in bassa mente null'altro che sia paura».

Or m'inoltrai.
D'incontrar debbo le menti,
unica spe' di genio,
che li spiriti vari si videro minacciare.

«Quivi, dove ancor,
si può veder all'ancor
terminar di ella valle
l'illusorio colle

che 'le spalle sue
de' raggi, del mon' perduto
mena, a 'le belle stelle
cercar di montare.

Nel codesto bell'
esilio, esule ove
i neri astri vigian
sul sol divino

devon esser amor
creature d'amata veduta.
Esti sempre amati
d'amor che odiati in vero.

Sì, vuole una
lonza leggiera e presta molto,
che di pel macolato
esser dovuta coverta.

A ella aggregato
uno dev'esserci
di padron de
'la natura:

sol esso pote
contr'altri andare,
co l'alto capo e co
tremor de la perigliosa aere.

De la sua famiglia
anche un cane che
ne la sua magrezza
sembia carco.

Il can che 'l più
familiare de' bestie
possa essere possa
dell'uom,

eo dimentica chi
l' can giammai
dimenticato era:
lupo sia

che la sua vista
dea porre tanto di gravezza
con la paura che sì
dea perder la spe' de l'altezza.

Prima dinanzi al colui
volto, 'mpedir 'l
suo cammino che mai
sia mattino.

Duo contr'isso
andar con fame
che di comando al
trono sceso,

porta all'amabil
cane, dono d'oro
che a poco a poco
cadea debba nel foro.

Esto debbon miei
tre amabil pargo
all'uom fatal che
'l sol già cerca.»

Accuortomi che 'l
pittor gran ebbe
de' suoi appunti
fatto tesor

continuai con lena vogliosa
a raccontar quanto
'l futur regno ancor
grande dea esser fatto.

Così l'animo mio, ch'ancor fuggiva,
giammai volse a retro a
rimirar lo radian passo che
angelo alcuno volea lasciar.

Poi ch'èi posato un poco 'l genio lasso,
ripresi via pe' 'l regno diserto
sì che 'l piè fermo mai
era 'l più basso.

Ed ecco, al continuar del passo
un'aere leggiero travolse l'asso
che d'una sol volta vòlto
e più il raggio non si partia

dinanzi al guardo.
Finito già 'l sole,
l'aere bruno nutriva l'astri
che più mai vider i ruggenti raggi.

Allor, calato il tenebro,
mostruatomi le note
cominciò: «Padron che mi guidi,
guarda la mia virtù s'ell'è possente,

prima ch'a l'alto disegno tu mi fidi.
Tu più nobil natali d'un
disegnator avesti ma
se' savio; intendi 'l carbon

ch'i' 'scolto e ragiono.»
Allor vedutolo sì larga fama,
grande mira fui 'n quel carbon
ch'io guardai anch'orse non vedendo.

«S'i' ho ben la parola tua intesa -
rispuosi io dall'occhi in festa -
l'anima tua è da limitata stima offesa;
la qual molte fiate l'omo ingombra

sì che d'onrata impresa lo rivolva.
Da questa tema a ciò che tu ti solva,
dirotti perch'io scelsi te
d'ogni cosa disegnator.

Non sei tu forse l'alto pittor?
Del tuo nom son pien le nubi,
l'angeli dor cantan gli
inni tuoi di carbon.

Non è forse tuo l'alto
nom che nell'aere de
trombe giova ricordo
all'alto candor?

È sì tuo 'l bel ciel.
Son sì tue l'alti segge del
corolla angelli e
'l tuo carbon ha

sì, in eterno, eco
del padre mio che dall'alto
del tron suo sempre
venera 'l carbon tuo.

Niuno non temuto dal padre
in questo posto è
che solo 'l tuo genio
potè anche 'n un sol soffio

baltare rapido l'alto tron.»
Lucevan li occhi suoi più che la stessa
e cominciommi a dir soave e piana
in sua favella:

«Tu, ver'amico, m'hai
con disiderio il cor disposto
sì al venir con le parole tue,
ch'i' son tornato nel primo posto.

Mai caduto fui,
e allor che questo di posto
sia ancor più dell'altro.
Che l'alte trombe possano

dimenticar la loro forza.
Tu amico, tu fratello e tu maestro
dimmi e i' farò capolavoro.»
Allor mi mossi, e eo mi tenne dietro.

La Comedìa

Canto 2

«Per me si va ne la città vivente,
per me si va ne l'etterno cercare,
per me si va tra la ritrovata gente,
volontà non volle l'alto fattore.

Fecemi la divina podestate,
la somma sapïenza e 'l primo amore
che l'alt'ali de la lieta libertà mai
furon più dolorose.

Dinanzi a me non fuor cose create
se non etterne, e io etterno duro.
Cogliete la libertà e ivi
lasciate ogne gesüitica creenza, voi ch'intrate»

- diss'io lui - queste parole
del colore della nottata stella
deon esser fatte luccicar
sul sommo d'ella porta.

Le lor parole deon remagnere
chiuse in un vero che non si guarda.
E la lor potenza esser dura per chi
crede ancor nelle infide promesse.»

Ed elli a me, come persona accorta:
«Qui si convien lasciare ogne sospetto;
ogne viltà convien che qui sia morta.
Non siam padroni del lungo viaggio

si vedremo gente che co'tanto oltraggio
porterann alle falsi speranze
dell'uom promissivo
c'ha fatto perder loro il ben de l'intelletto.»

E poi che tremar mi fu caro ricordo,
ricordai il padre che già tanto tolse
e allor a veder cotanto loco
lieto e lento mi confortai.

«Quivi deon esser fatte
parol d'una nata scienza
ch'il creator deve aver
obbligo di destarsi.

Già i canti che urlano
libere scienze vedo nascosti
dalle mani del padre
ch'elli trasformerà in sospiri

e pianti e alti guai.
Non tollero giammai che
la lingua della libertà venni
oscura e si vea come orribili

favelle e parole di dolore
e accenti d'ira e voci
alte e fioche e suon di man con elle
a far un tumulto, il qual

volea nasconde in quest'aura,
senza oppression tinta, come
la rena quando turbo spira che cerca
di nasconder il bel prato.

Questo lieto modo
d'urlar libero tegnon l'anime liete
di coloro che visser senza paura
di libertà.

Caccianli i ciel per non esser men belli,
e allor i' li voleo ricever:
ché qui non fia disegno di bellezza
ma disegno di saggezza, già fui.

Questi non han sparanza di morte,
già morti furon per colpa del buon padre
che di lor ne destinò l'esistenza
com'ogni villa lacera e rovinosa.

Quivi han trovato vita e quivi
voglion urlar la loro libertà
ormai da tempo perduta
pe'ria de li angeli

che 'nvidiosi son d'ogne libertà.
Fama d'esti alati, esto mondo esser
non lassa; sapienza e coraggio li sdegna:
non ragioniam di lor, ma guarda e passa.»

E 'l disegnator, che riguardava
da tempo intorno,
a me accorse con far tremolante
che mai le parole vidi uscir dall'alta bocca.

Compresolo dal guardo,
vidi una piuma che
correva tanto ratta
che d'ogne posa mi parea indegna;

e dietro le venìa sì lunga tratta
d'alibertà, ch'i' non avrei
creduto che 'l padre tanta
n'avesse disfatta.

Poscia ch'io v'ebbi alcun riconosciuto,
vidi e conobbi l'ombra di colui
che per terrore fece
occhi del padre dormiente.

Incontanente intesi e certo fui
che l'alato non era quivi
per il guardo del padre
ma per la bellezza ai suoi occhi lasciare.

E allor invitandolo, iniziai:
«T'ho scorso, non fuggire,
foss'i' crudele come nostro padre?
Tu ben lieto sei in questa dimora.

Frate' Rochel, colui al cui guardo
giammai qualcosa vi si nascose,
mostrati anche a noialtri da li occhi
spenti dalla notte divina.»

Allor che un'eterna siepe notturna
mosse lieve i fiori beati da cui
i sbocciali ne furon
piume da li occhi attenti.

Timoroso innanza per prostrarsi
a quelli che furon piedi
seduti accanto al padre,
di cui per la vita era rimasto schiavo.

«Oro immortale,
mai i miei occhi potrebbero sconoscervi,
giammai vide lo sguardo attento
luce con più portento.

S'i' mie ali son occhi,
le tue son anima.
Sei tu il figlio caduto,
sei tu la fiamma eterna.

Il padre ne fia fiato
ma come vecchio ormai morto
non ebbe respiro pe
spegnere 'l fuoco più bello.»

Allor io a lui:
«Che tu scendi in libera buca
per far da occhi al padre
che già non può guardare queste mura?»

E lui mi guardò,
bianco per antico pelo,
e con singola mossa
prese e fece.

Le mani ruginite afferraron
li occhi belli alati di cui
con uno solo strappo
ne privò il volo.

Come uccello schiuso in anticipo e
caduto dal nido,
così ora l'alato che guarda
potea incimpiar oltre 'l muro di paglia.

Il bel dono rigava lui di sangue il corpo,
che, mischiato di lagrime,
vedeva una verità
con i due occhi mai prima vista.

Li occhi belli sulle ali ricolmati
ai suoi piè tristi eran raccolti,
mentre ancor sbattevan l'eterne ciglia
a dar l'ultimo saluto al creator fatale.

La Comedìa

Canto 3

27

«Io che son occhio del creatore
già dinanzi al creato
de'i falsi occhi mi son liberato.
Osteggiato dalle false verità,

stancato della priva libertà.
Or son qui,
e de miei mille occhi
ne bastan due per guardar 'l vero genio.

Or tu, grande fratello, dimmi
cosa vuoi che i miei soli
occhi in paia fanno?
Tu dimmi e io faccio

che so che qual tu dirai
mai sarà privo di senno
e mai chiederai me di essere
tuo schiavo senza ricorso al capo.»

Io che ancora miravo
li occhi belli a far
mangiarsi da li odiosi vermi,
rispuosi:

«Tu dunque, occhio del creato,
del chiuso regno ti senti lasciato.
Qui sei solo col tuo capo,
già decidi cosa fa 'l tuo cuore.

Io nessun ordine debbo darti,
puoi seder sul trono or
lasciar ai vermi atti.»
E allor lui lagrimoso:

«Dimentica 'l mio nome tristo,
della celeste sorte non fia ricordo.
Or io della trista riviera ne fia sorte
e d'Acheronte, Caron ne fia natali.»

Io, guardando 'l desio, iniziai:
«Sei tu il vecchio che andrà per nave,
bianco e saggio e sei tu
chi avvisa l'anime belle che mai

luce videro,
quali tormenti, quali oltraggi
la scintilla del padre
accese sul fuoco altrui.

Non lasciar isperar chi mai
vide lo cielo:
tu vai per menarvi a questa riva,
ne le stelle etterne,

in caldo e 'n gelo.
E accogli tutti color che
portano il don del
libero genio.

Or dimmi:
tu riesci or ora a guardar
ch'entra e ch'esce
con du occhi sol soli?»

E lui, chinatosi,
de mille occhi alati ne fece pasto,
e co affilate dita
si leva il duplice guardo.

Tolsol'i coltelli dalla doppia vista,
li occhi avea di fiamme rote.
«Caron i' son,
lo guardo sul fiume fisso fissa.

E mai passerà chi non debba passar,
come lor dalle ali crudeli.
Ma chi 'l genio porta,
e la paura dell'oppression patrigna,

io lieto traghetto e
dal fiume passo, per
parlagli d'un regno
che dal cielo non si guarda.

E chi trema per il padre
e tremolante avvicina
il coraggioso piè mortale
alle rive bagnate del libero

io con occhi di bragia,
lui accennando, tutti raccolgo;
batto col guardo qualunque tentenna.
Come d'autunno si levan le foglie

l'una appresso de l'altra, fin che 'l ramo
vede a la terra tutte le sue spoglie,
similmente il buon genio,
che vuol essere libero e non timoroso,

gittansi di quel lito ad una ad una,
per cenni come augel per suo richiamo.
Così sen vanno su per l'onda chiara,
e avanti che sien di là discese,

anche di qua nuova schiera s'auna.
Tanto sarà nota la libera spiaggia
che qualunque vuol finire
nelle sol mie braccia.»

Ascoltatolo nelle così liete parole
già con il guardo futuro vi
eran quell'anime che da lasse
e nude, cangiar colore

e prese il caldo rosa
di color che libero già col
genio viaggia.
E allor al pittor dissi:

«Fratello mio,
l'oculo cortese mostrato ha
la vera verità:
quelli che vivon d'ogne paese

ne la convinzio speciale
del padre, tutti vorrebber
convegner qui. Ma esti
son sì timorosi che si 'ncella il disio.

Tu, gran carbon,
sei dalla bella Tiche baciato
che già ti porta
doe splendea le vere stelle

e li astri più belli
giammai saran coperti
dall'infide nubi
che son d'illusion coton piene.

Tu grande mano savia
disegnar stai già
un regno perfetto ancor
dianzi al creato

giacché qui il falso del padre
giammai toccherà la libera terra
che dai lagrimosi occhi di
colui che vede è protetta.»

La Comedìa
Canto 4

«Or discendiam qua giù nel libero mondo»
diss'io al carbon che già avea
lasciato quella pietà nel viso pinta
che io per tema aveo cambiato

«O padron, le ali oculate belle
ancor mi pargono in mente,
sulla terra riverse
e 'l sangue mi pare niente.»

«Non dar guardo a quello come
cosa che non si guarda.
Le sanguigne ali eran dovute
per gesto di libertà solenne.

Andiam, ché la via lunga ne sospigne,
ancor son tante le ali che debbero cader
e sanguigne urleranno
al genio e al libero suon carbone.»

Allor pensai a tutti quelli che
non per rio son perduti e sol
di tanto offesi che sanza speme
cercan questa terra libera

ché il crudel padre lieto in volto guarda soffrir
per decision che non si comanda.
Come se 'l genio che non ragiona
fosse rio di esser non ragionante.

Non lasciavam l'andar perch'io dicessi,
ma passavam lo libero suol
che di disegno ne facesse dono.
Non era lunga ancor la nostra via

di qua dal Caron, quand'io vidi un foco.
Di lungi n'eravamo ancora un poco,
ma non si ch'io non discernessi in parte
che gente possedea quel loco.

Al vider del disegnator incurioso
domandai: «O tu ch'onori scïenzïa e arte,
questi chi son c'hanno cotanto genio,
che dal file de li altri son diparti?»

E quelli a me: «l'onrata nominanza
che di lor suona su nell'uman terra,
grazia acquista in esto loco che
il genio sì li avanza».

Intanto voce fu per me udita:
«Onorate l'altissimo disegnator;
l'ombra sua torna, ch'era dipartita».
Poi che la voce fu restata e queta,

vidi quattro grand'ombre a noi venire:
sembianz'avevan né trista né lieta
com'uom che sa ma non dice.
Lo buon carbon cominciò a dire:

«Mira colui con quella spada in mano,
che vien dinanzi ai tre sì come sire:
quelli è Omero, poeta sovrano;
l'altro è quel Virgilio e quella fonte

che spande di parlar sì largo fiume;
e il terzo è Socrate l'uom de li uomini giusti.
Però che ciascun meco si conven
nel nome che sonò la voce sola,

fannomi onore, e di ciò fanno bene».
Così vid'io adunar la bella scola
e cominciai a camminar con la loro schiera.
Venimmo al piè d'un nobile castello,

ov'entrati, giugnemmo in prato di fresca verdura.
Genti v'eran con occhi tardi e gravi,
di grande gegno ne'llor sembianti:
parlavan rado, con voci soavi.

Traemmoci così da l'un de' canti,
in loco aperto, protetto e basso,
sì che veder si potien tutti quanti.
Colà diritto, sovra 'l verde smalto,

mi fuor mostrati li geni,
che nonostante foss'io padre del loco,
a vederli in me stesso m'essalto.
Io vidi:

Bayle, che della ragion
critica fu alle tradizional credenze,
con molti compagni
de quai conobbi Montesquieu

dalle fisse leggi,
Voltaire dall'ineliminabile dolore.
Turgot con le macchine
e Condorcet col genio,

Diderot dubbioso e
d'Alembert da l'arti belle.
Kant dalle tre menti
e la scienza di Fichte.

Seduto l'Hegel austero con
quel della fin divina a prender
tè dalle car scimmie versato.
All'angolo impegnato

a fissar un pendolo che mai si smuove
era Schopenhauer e
l'oro oltre dondolante
vi eran a parlar

l'uom creator di Feuerbach che
sotto i piè già ha
l'oppio da tempo dipendente
con l'uom che Marx non ha.

Nietzsche a svelar le millenarie menzogne
eran già con Freud dall'abil sogno
a divider la vera realtà
dall'ingegno della patrigna proiezione.

Il ver Adorno che col disarmonico
a parlar è già con Marcuse
nel tristo letto
della repressione fatale.

E allor il pittor a me:
«Qual è la cagion
che spinse este menti eccelse
a lasciar la terra natìa

per raggiunger esta ancor indisegnata terra?»
Io, hilari vultu, rispuosi:
«Il desio di non aver limiti.
Le colonne del potente Ercole

son solo oltraggio del genio
che il padre volea crear
per paura di magna rivolta
nei suoi contrari limiti d'ingegno.

E allor pose limiti
che esta terra limiti tolse.
Qui è dove i sommi maestri
di genio son sommersi

e mai son obbligati
a creder in cosa assurde
che giammai 'l genio
non convinse mai.

Esta è la libera terra,
esto è il passo del genio,
esto è il disio dei sommi,
esto è il suol mio.»

La Comedìa

Canto 5

Io non posso ritrar di tutti a pieno,
però che sì mi caccia il lungo tema,
che molte volte al fatto il dir vien meno.
L'alta compagnia in due ritorna:

per altra via mi mena il savio carbon,
fuor de l'aura genia, ne l'aura fuoca
e vegno in parte ove
non è che non battiti.

Dei battiti l'intrare er'ampio
e venimmo io e l'alto disegnator
a metter qualcuno, co tanto di notifica,
che vegliasse il piccol loco.

Pensammo allor insieme
che il giusto guardiano della porta
altro non potea che essere il figlioccio
del signor delle stelle che già fu

figlio del grande padre ma
che mai da questi venne voluto.
Non persona più retta potea venir,
che lui di battiti mancati ne ha pien il polso.

Chiamatolo corse nel bel loco
e allor ringhia:
«O tu che mi chiami sei forse figlio di quel padre?
Tu sai l'ira mia rabbiosa?»

Tra i due difese il carbon:
«Creatura non voluta,
tu e noi siam così forse diversi tanto?
Le ali più splendenti scesero di lor scelta

esto loco perché la destra del padre
già troppo odiosa fu.»
E lui mirando la luce mia:
«Sei tu forse l'alato caduto?»

E io: «Perché pur gride?
Non impedir lo nostro fatale disegnare:
vuolsi così colà dove s'ingegna
ciò che si vuole, e più non dimandare».

Or incomincian le riverenti note
a farsi sentire e 'l pianto del Minòs
orribilmente mi percuote:
«Sei tu il liberator.

Già dimandai un dei frater tuoi
e lui animal maestoso mi diede
e obbligatomi di uccider rifiutai.
Io allora'ccarezzai l'animal buon:

son l'alati da sacrifare
stolti e senza priva di rie
che si credon potenti
pe l'umane pecore che han a lor belato.

Allor dimmi cosa vuoi ch'io faccia?»
E io indicando la calda porta:
«Tu all'ingresso de la porta
che tanto dolore inflisse al cuor tuo piccolo

debbi stare fisso a curar che
giammai anima viva e morta osi
infranger tale linea per portare
con ella la trista malattia del padre.»

«Che il bollor d'esta porta
riscaldi un cuore ormai dal ghiaccio colpito
e ch'io possa render il poco calor
che ho in corpo mio pe salvarla.»

Non ancor veglia avemmo fatto che
lui già si mosse per la guardia:
tuonò rabbioso e con bufera
che mai non resta, mena due spiriti

che all'occhio erami scappati.
Vide un di lor alato e allor
voltando e percotendo li molesta
ma vedendo i'n lui ali scontente

fermai 'l tormento.
Correndo protetto andai e
dissi al carbon:
«Alto pittor, chi son quelle

genti che l'aura delle stelle ha gastigato?»
E lui mirando meglio:
«Io ebbi sentito una storia di due
ch'insieme vanno e paion esser uniti a forza.»

E riconobbi loro:
«Sei tu la bella che Venere ha superato,
e tu sei 'l figliuol suo che
da carnefice vittima si è trovato.

Splendida fanciulla tu mai
aspettasti uno sposo da non umana stirpe nato
e ti vedesti con un feroce e malvagio
drago alato che volando per l'aria

ogni cosa funesta e co l'arco
e col fuoco ogni essere molesta.
Amor, ch'al cor truffato ratto s'apprende,
prese costei de la freccia che le fu tolta;

e 'l modo ancor d'alato m'offende.
Strale, ch'a nullo colpito amar perdona,
lo prese del costui arco sì forte,
che, come vedete, ancor non l'abbandona.

Amor condusse lei alla morte.
Tortura attende chi a vita bellezza e
candido amor le spense».
Quando Minòs intese quell'anima

da alato offesa,
chinato il viso e tanto lo tenne basso,
fin che gli dissi: «Che pense?».
E rispuose: «Oh lasso,

quant'odiosa memoria, quant'ira
menò costui alla mia persona!».
Poi mi rivolsi a lei e parla'io,
e cominciai: «Psiche, i tuoi martìri

a lagrimar mi fanno tristo e avvelenato.
Ma dimmi: vorresti tu tornar
al tempo d'i dolci sospiri?»
E quella, per la prima volta, lagrimosa rispuose:

«Nessun maggior dolore
che ricordarsi del tempo felice
ne la miseria.»
E allor io con cenno menai 'l tormento eterno.

Minòs, già da tempo in attesa,
co l'aura, de l'ali ne fece macello.
Alte le grida non scuriron
la libera voce candida de la bella fanciulla:

«Vol tu alfine, figlio cacciatore
dallo storto tiro colto.
Esser coperta preferivo dalla vergogna
di tua madre voluta.

Mai disonore più grande ch'esser
prigioniera delle doppie ali.
Tu bellissima creatura stellare
che dal mio tormento m'hai liberata

non sarai più lì solo,
se il mio dorato creditor vuole
io con te rimango a ricever calore
ad un cuor che sbagliato l'ha ricevuto.»

Non mi pronunciai ma
il capo mossi e la liberai.
Mai cuor mio più lieto fu
nel veder li occhi belli lagrimanti.

Che la libera bellezza fu
bella di star col mostro
piuttosto che della chiusa
con uom del piacer sì forte.

La Comedìa
Canto 6

47

Al tornar de la mente che si chiuse
dinanzi a l'ira che menò in me
l'angelo cacciatore d'amor sbagliato,
pensai al nuovo loco che

il carbon, ancor turbato,
sta di più volte seguendo i passi.
Capii solo dopo poco cosa
l'alto pittor seguendo stava:

grandi orme sulla sabbia risalivano
e quando l'orizzonte fu chiaro
ci scorse la creatura dal
disegnator cercata e trovata.

Danzante, in gran festa,
più veloce con le zampe
de li occhi a seguirlo
era il gran fedele:

Cerbero, fiera che nessun leale amore poteva mentir.
Arrivato dinanzi a noi
co le tre bocche festosamente
leccar ci lasciammo

e mano lieve poggiamo sul
soffice pelo dal bruno colore.
Li occhi ha vermigli e
unghiate le mani.

Di grandezza non umana,
ma d'amor canino certo.
Il povero bel cane era
abbandonato dal padre che non lo volle

come se per suo aspetto
l'amor non meritasse.
Ma lui cane era come altri
e altri il padre ha amato.

Qual è quel cane ch'odia
il padron che lo lega e abbandona?
I cani troppo grande cuore hanno
per esseri alati o umani.

Se i cani grandi cuori hanno,
Cerbero che di cani ne è tre in un sol corpo
è l'amor costruito in zampe ch'inizia
col bagnato muso e finisce co l'amata coda.

Vedendo l'alto disegnator lieto gioire,
fingendo di non saper
ciò che non bisogno di parole avea,
iniziai: «O essere giocoso,

se solo tu potessi capire l'umana lingua
che non basterebbe a la gente
per mostrarti l'amore meritato
che li occhi tuoi tanto hanno desiderato.

Sì, tu, amico fidato e più grande fratello
giammai vendesti cosa che lasciar ti fu detto.
Lascia ne le zanne tue non veleno umano,
ma tuo veleno per l'umano curare.

Tu che da sempre fosti l'unico degno,
sì: tu che meritavi ogni cosa
non ricevesti giammai niente che
a paragonar tuo possa esser messo.

Punito dal padre p'esser cosa?
Creatura al quale ogn'altra
debba essere solo riverente
e di qui mostratasi la natura

di quell'uomo ch'esser padre non può.
Eppur risuona il tuo perdono nell'aere
cupo e silenzioso e a perdonar
dovrebb'esser altro che tu.

Tu, sublime creatura,
come uscisti dalle mani di quel padre?
Mai nessun uomo riuscirà a darti
ciò che tu dai lui.

Che uomo non possa è cosa certa,
ma non tutti gli uomini son come quelli
che dalle grandi ali dicono e non fanno.
Già che tu amasti l'uom mortale

non volea esser mia ragione dire che
amor sbagliato fosse, ma,
se tu lo amasti forse non hai errato.
Tu non sai, esiston uomini dal cuore grande:

son quelli che non sorridon ad altri
ma a cane, come te, certo.
Ma tu purtroppo non avesti
questa fortuna, riservata ad altri.

Tu conosci solo quel padre
che a rovinar ti diede alle fiamme,
e solo pene ti afflisse
a chieder tutti di domarti nonostante

il saper di aver fatto te indomato.
Eppur lo ami.
Tu innocente creatura,
neanche all'amore puerile posso vederti.

Sei tu creatura così inesperta e fragile,
e i tuoi muscoli son solo per veder
che da cuscini servono per bracciare
e mai i nervi fioriscono sul tuo bel pelo.

I denti grandi, dalla pendente acqua,
mai nessuno vide aprirsi e serrarsi
ma solo sudare e grondare
e festosi giocare

tu che mai conoscesti gioco
e che solo dolori ti furon inflitti
sei ora qui con la coda movente
che corri e aspetti

come a guardarmi e chiedermi
"Allor, vuoi tu forse giocare?".
E li occhi tuoi che son sì belli
ma più sinceri di tutto

che io non riesco a mentire».
E allor del mio regno lasciai pensare l'altra mente
e presi e corsi
che tutto intorno al bello sarà più bello.

Li passi miei eran docili
e i suoi eran belli e possenti,
subito era chiara la facilità
del mio corpo nel morire

ma io libero e sicuro,
anche tutto nelle fauci ero:
che non esiste nel mondo
cosa più bella del fidarsi.

E di quel Cerbero mi fidavo certo,
che mai lui avrebbe fatto qualcosa
e che con occhi grandi
guardava e lieto giocava.

E allora il cuore infranto si era:
come può simile creatura esistere?
E pensai da li occhi suoi
di guardare quel padre che torturava.

E mai più certo fossi
che avrebbe guardato e giocato
come con me giocava e guardava.
E allora compresi:

neanche quel perfetto essere
conobbe mai la perfezione.
Quello che essere lo rendeva
era la sua stessa perfezione.

In modo che il padre mai potesse
concepire creatura alcuna che
con tale cuore avesse anche
memoria e ragione.

Che i suoi ricordi fossero scuri
ero ormai certo
ma che il suo amore fosse luna
era scritto ne li astri.

Dunque che forse io potessi
non ammettere tale creatura
solo per mancanza di memoria o ragionamento?
Mai potrei fare simil cosa.

Cerbero siederà con me
e al mio cuore per sempre toccherà
che più bel sorte non ci sarà
sì che 'l cane con chi vorrà starà.

E allor cademmo giocando
e lui cadde su di me sonnecchiando,
e rimase con le tre teste poggiate e sbavate
a dormir con la coda mai stanca.

Lentamente accarezzai e
con lui mi riposai.
Che mai ci fu più bel sonno
che quello fatto al toccar del suo cuore il mio.

Canto 7

55

Ruppemi 'l beato sonno ne la testa
un greve truono, sì ch'io mi riscossi
come persona ch'è per forza desta
e 'l bel Cerbero era già per difendermi.

L'occhio riposato intorno mossi,
dritto levato, e fisso riguardai
per evitare che anima danneggiasse
quel mio fedele amore che più coda non mosse.

Ancora li occhi assonnati
fecemi guardare tutto oscuro e nebuloso
tanto che, per ficcar lo viso a fondo,
io non vi discernea alcuna cosa.

Cerbero iniziò a parlare contro una zona
e allora l'orecchio aguzzai e,
fatto segno al pittore che era a calmarlo,
m'incamminai ove sentivo:

«Fortunata me,
che ti tenni dietro.
Mai posso smettere a ringraziare
il mio coraggio d'allora.

Io che osai seguire te,
re dei re cacciato dal falso re,
chi mai allora pensava di finire così?
Regno crudele! Regno falso!»

E quando fummo vicini
subito conobbi chi stava parlando
e ancor prima mirai
l'alta potenza di chi sedeva in silenzio.

Mirandolo iniziai:
«O sei forse tu quel dannato
che mai dona senza avere
ma che sempre regala il primo dono?

Sì tu quel mistero che i mortali
desiderano scoprire,
fiume in piena e continuamente assetato.
Sì tu colui che riempie

la bocca del navigatore torturato
e fa godere dell'acqua salata
per poi lasciarlo morire
del tuo stesso dono.

Tu sei quel rumore,
insinuato nella mente del mondo
che tormenta e decide
e con la sola assenza uccide.

Mai capii perché
un re potente come te
che divorava li figli suoi
si fece sconfiggere da quel falso re

che mai potere ebbe
nei confronti tuoi.
Sol quando caddi
e presi fuoco nella caduta

pensai a te
e iniziai a entrare nel genio tuo:
sì tu come me cercavi
un regno che fosse vero genio d'intelletto.

Eri stanco del falso azzurro
così fingendo la tua sconfitta
decidesti tu stesso la tua sorte
che fu gloriosa nel buio della notte.

Or io che son dinanzi a te?
Son anch'io tuo figlio,
nonno dovrei chiamarti.
Tu che scandisci la vita

dimmi com'io possa lietarti»
Lui allora mosse lo sguardo
a me per la prima volta,
e guardando l'alto

per pensare a quello che fu
suo figlio pensato vincente
e guardando tutte quell'anime
che falsamente cercavano gloria

in un posto che libera mente non vuole,
con occhi sgranati ringhiò:
«O tempora, o mores!».
E di lui le tracce persi per sempre,

di un sol rintocco dell'ombra
ne fece fauci e di lui
ne fece cibo.
E prese parola ch'ella con lui:

«Comprend'egli anche se
poche parole fa risuonare nel tempo.
Io fui prima sua traditrice e
poi sua più grande alleata.

Mai incontrai nella mia vita
un come lui che non solo
mi perdonò per il tradimento
ma lasciar non volle ch'io volevo esto corno

che cavalcato fu da quel figlio
che non doveva nascere
o che forse di genio lui risparmiò
per i suoi misteri fini.

Or penso che tu possa comprenderlo
ché molti simili menti avete
e che forse sul suo polso
tiene fermo un sol oggetto

che segna il suo rintocco
nel momento della tua venuta.
Che forse sia tu lo figlio
ch'egli non ebbe mai avuto.»

Ascoltatola in estasi,
non riuscii a rispondere nel tempo
ch'anche ella già fu sparita,
e di lei ne rimase solamente

un piccolo acino d'uva
che in terra restava
con ancora l'odore eterno
del corno d'ella capra che fu d'Amaltea.

Così guardai l'alto carbone
co li occhi lacrimanti che
se ne stava fermo, immobile,
incredulo dell'incontro

e girammo insieme del divino
acino grand'arco, co li occhi volti
a chi dell'eternità e dell'infinito
ingozza.

La Comedìa

Canto 8

61

Io dico, seguitando, ch'assai prima
mai pensai d'incontrar colui che fu
e ora l'incontro già fatto
mi riempie il cor di passioni innate.

E io mi volsi al mar di tutto il disegno:
«O tu anima fortunata
ne li occhi hai potuto vedere colui
che si vuol cercare in tutto e mai lo si trova.»

Il carbone che la bocca avea per aprirsi
fu rotto dal gran urlo del cielo
che subito attese lo guardo mio
e mentr'ero per avvisar'egli

già dal cielo cadde il piovoso sangue.
Entrambi subito capimmo ch'era lì dov'eravamo.
Scorgemmo le tre alate dai capelli serpi
ch'andavan gridando da quando

del cielo fu taglio.
«So chi voi siete, Manie!
Or v'ordino di fermare lo scellerato grido
che non più nell'infido regno vi trovate.

Voi che sempre infondete
quel sacro spirito de la vendetta
che niuno prima di voi conoscete.
Da quando evirato fu il cielo

voi non poteste che
scendere, volare e gridare.
Ma or non è quel momento che attendete
son io ch'ho il sangue che cercate

ma la mente è lontana di
quella che volete far tormento.
Son l'alta discendenza
ma non son 'l cattivo intelletto.

Voi andate pur libere nel mio regno,
v'invito pur a scendere se volete
ché mai finir di sbattere l'ali avete.
Or son qui e se volete posso ascoltare

e mai più giudicare senza prima guardare.»
Allor essi scesero dall'alto cielo
e con occhi neri e affamati
guardarono e esaminarono

quand'ecco che una di loro
scuotendo la chioma serpentina
e i fischi mesce a le trombe
e fa più acuto il suono:

«Noi fummo le sorelle de' castighi,
sempre larga pena ci ebbe attribuito
eppur noi siam qui a giusta causa
che mai diritto osò esistere se non per sanzione nata?»

E un'altra continuò:
«Noi siam coloro che non dan requie
e se mai una di noi tocca e riposa
già si volle che morimmo in ardua presa.»

E la più minuta fece:
«Noi anche non potemmo cader
nel bello amore che obbligate ancor prima
fummo a uccider il bel cuore.

E io innamorata fui e bella la donna che lo fu,
ma alata nacqui e allor
dell'amante mio serpente non volle
e l'esistenza scomparve.»

Allora il coro a me invocò
e delle tre sorelle ne fu singola voce:
«Non chiedere di finirla volemmo
che chiamar all'esangue raduno

gli armati spettri cosa giusta fu ed è,
ma chieder di giusta vita volemmo
che noi non nascemmo sol dal dolore
ma dal sangue ch'in sé ha anche amore.»

Quand'ecco che lor felici per prima volta furon
precipitate dal cielo dinanzi a me comparve
la figlia dell'azzurro sangue e
della lunare notte.

E guardando le tre sorelle spietata disse:
«Chi è costui che sanza nome
prende e dice alle tre vendicose sorelle?
E voi intollerate serpi

come osate scendere e parlare
ch'a mai nessun vi fu da castigare?»
E io, che nonostante ebbi la conoscenza
della spietata e furba Lissa, dissi:

«Tu ch'osi venir nel mio regno
e volti a me il dritt'osso spinoso
componendo parole a me contro e continui
chiedendo chi son io che seggo al trono?»

Lei che per la prima volta posò
lo guardo su di me fece per dire
ma da me fu subito taciuta:
«Son tardi scuse quelle che vuoi

far dalla tua bocca uscire;
mai più potenza che desiderio di vendetta.
Tu che fosti anche meglio delle tre
or non sarai che moscerino per me.»

Ed io ch'ebbi visto le ali sue
ancor brillare della luce del padre
e scorsi in lei venerazione di quello
e dalla chiusa mente vidi chiaro e urlai:

«Via costà con li altri greggi!»
E lei che fece per portare con sé
le tre sorelle protette da me
fermai con violenza e ruggii:

«Tu osi ancor de lo rispetto mancarmi?
Tu forse non comprendi il mio dire e la mia potenza»
Dopo ciò poco ordina'io quello strazio
far di costui dalle tre sorelle

che dopo anni di soppressione
in coro gridavano: «A Lissa!»;
e 'l fedel pastor del padre
in sé medesmo si volvea co' denti.

Quivi la lasciammo che più non ne narro;
ma ne l'orecchie mi percosse un duolo,
per ch'io avante l'occhio intento sbarro
ch'esta cosa non voleo certo accadesse.

Ma esse vendetta narranno
e vendetta certa dovea esser fatta.
Lo buon disegnatore allor si rifece
e abbracciato alle mie pene riprese.

E proseguendo giungemmo in altro loco
ove vidi più di mille in su le porte
da ciel piovuti, che riconoscendomi
dicean: «O sì tu quel signor che liberatoci ci fu»

E 'l savio mio pittor fece segno
di voler lor parlare segretamente.
Udir non potti quello ch'a lor porse,
ma gran passo vollero che feci

e come camminare sul rosso tappetto
abbracciato dal battito di mani
fui, vidi e ringraziai
il disegnator che dietro me venìa.

Canto 9

67

Giunto in altro loco
e passato dal gomitolo di encomiatori,
inizia a metter il genio sul fatto
d'esser ormai seguito da i segugi del padre.

Poi guardai l'alto pittor
e lo vidi tutto tremante,
m'avvicinai e carezzai
dolcemente la spalla:

«Di rado incontra che di noi
faccia il cammino alcun per qual io vado
ma non temer che il nostro passo
non ci può tòrre alcun: da me n'è dato.

E se hai ancor paura
proteggiti dietro di me, e lo spirito lasso
conforta e ciba di speranza buona,
ché tu sei con me e io non ti lascerò mai solo.»

E lui non rispuose
ma mise la sua mano sulla mia
sorrise e tace,
che più parole forti non esistono.

Non avemmo il tempo di
intenderci con il guardo a vicenda
che d'un tratto a sentire iniziammo
un lamento stordente

come la madre che per cattiveria divina
è condannata a vedere il figlio morente
così quel vivo pianto
perforava i timpani e il cuore.

Andammo insieme a passo svelto
e il guardo a veder la scena si chiuse
che mai più dolorante cosa
possa esser vista.

Erano le figlie dei fratelli del mare
che vivean nell'estrema parte
del mondo occidentale,
e conosciute erano per lo stupendo

aspetto e per l'ineluttabile chioma.
Mostri erano ma grande era il loro genio:
a rappresentar stavano
quel che fu la perversion

l'una de la carne, l'altra
de' costumi e l'ultima
de l'intelletto.
È questa la più forte di loro

l'intelletto che domina sempre s'ogni cosa
era rappresentato però, per giuoco del destino,
dall'unica delle tre mortale che nonostante
la mortalità sua subito fu fatta regina delle tre.

Era proprio questa,
la grande perversione del genio,
che stava col capo senza un corpo
nelle mani piangenti delle altre due.

Come chi di fronte a un gran dolore
non sa quali parole volgere
per non esser d'animo poco delicato;
io guardai 'l gran carbon e co li occhi chiesi.

Lui, capito ciò che non dissi,
si avvicinò loro e con gran coraggio
strinse nelle braccia colei
de buon costumi.

Ella non si mosse,
ferma rimase come impietrita
e l'altra, ch'ancor piangea,
guardava ingelosita:

di quella gelosia non della
carne ma del cuore certo.
Fu l'emozione focosa
che anche a me spinse

e come se fossi caduto e perso i sensi
mi ritrovai a lei stretto
che come ci arrivai a me è ancora ignoto.
Le due sorelle ch'avean

ancor in mano
la testa invita della lor regina
stringevan lo corpo e lo core
che 'l gran pianto sembrò passato.

Fu allora che colei che stringevo al petto
iniziò a sussurrarmi ai lati del capo:
«Io ti conobbi,
sei tu il fratello di quella

figlia prediletta che nacque
svergognata dalla testa di quel padre
dopo che n'ebbe mangiato la madre.
E tale fu la sua morale

da dover far combattere noi
anche solo per ricever
una testa ormai senza respiro
su cui poter versare l'acqua de li occhi.

Sai tu, ella ch'esser dovrebbe
regina di sapienza e arte,
cosa voleva farne della testa
della sorella amata?

Tesoro dello scudo.
Come s'una testa fosse
preziosa pietra da inserire
al centro d'un oggetto e farne vanto.

Come posson esti esseri
esser chiamati celesti?
Son forse questi mostri a esser
considerati buoni da quei stolti uomini umani?»

Finito il labile discorso
ché più le labra non riuscivano a moversi
mi prese e strinse
e allor ascoltai la musica della pioggia

che dall'occhio suo mi cadde sulla 'gnuda pelle.
E allora il braccio si fece sì forte
che il suo odor ancor non m'abbandona.
E allor pensai

"È forse questo il perverso amor della carne
di cui ella ne fu regina?"
E la risposta echeggio nell'aere
come colui che il letto lascia vuoto

e la donzella amata intende che
né amore né carne fu quello
ma solo brutalità che il padre
avea donato a elli che uomini giammai furono.

Fu allora che il mio core
non poté più sopportar dolore
e lasciato il braccio stretto
feci giunger tra noi anche l'altra col pittore

c allor la splendente bufera
innalzai e cominciai:
«Mio è il regno,
la potenza e la gloria

mai niuna figura alata
debba trattar i mortali come pietre,
e co'l mio fiato possa tu capo calpestato
prender il polso d'un tempo»

Così attorno al capo tornò
il bel corpo che membra feminine avea e atto,
e con idre verdissime era cinto;
serpentelli e ceraste avea per crine

onde le belle tempie erano avvinte.
Ancor ella non mosse occhi e lingua
ma le due subito si chieser cos'era
la magia in atto.

E io rispuosi loro che tre giorni di riposo
dovean darle e al quarto tornerà ella
co la sua bella mente e i suoi preziuosi ricordi
a far smetter loro di piovere.

Così lor che non sepper lo modo per ringraziare
chiesero se col permesso mio
a poter potevano di guardia vigilare
a quel cancello che 'l pittor avea già disegnato.

Io con gran sorriso feci capo
e dissi loro:
«Grazie fanciulle belle
per aver fatto scoprire

a un vecchio cos'è 'l costume, 'l amor
de le carni e l'intelletto.»
Non aspettai risposta che chiamai 'l pittor
e c'incamminammo

La Comedìa

Canto 10

75

Or sen va per un secreto calle,
dopo il muro della pioggia cessata,
l'alto pittore che con mano desta
sporcava il bianco, e io dopo le spalle.

«O virtù somma, che pe la svelata via
mi volvi - cominciò non sollevando la man
dallo bianco stridere dell'arte -
Tu svegliasti colei caduta nel gran sonno,

tale fu la tua potenza
che interrompesti un pianto fatale
ed evitasti anche colei ch'è inevitabile.
Contr'Atropo ti scagliasti certo

e vincesti l'invincibile battaglia.
Or io ti porto in un posto che sarà sì bello
che stordir debba il profumo penetrante
e di fatti 'l fior stordente stia qui innalzando sul bianco»

In su l'estremità d'un'alta ripa
che facean gran pietre
rotte in cerchio
venimmo sotto più gran prato;

e quivi, per l'elevato nascere,
m'accorsi che il pittor stava
mettendo mano più veloce di
me che mettev'occhi.

«Lo nostro passo conviene esser tardo,
sì che s'ausi un poco in prima il senso
al stordente fiato; e poi no i fia riguardo.»
Così 'l carbon; e io «Alcun compenso -

dissi lui - trova che il tempo non passi
perduto». Ed elli: «Vedi ch'a ciò penso».
E «Fratello mio, a veder cotesti odori -
continuò poi a dir - son brutti memori

che mi passan per il genio.
Son questi li troppo bei fiori
che la Giovenetta immersero
nel sacro stupore ché le dita protese.

Mai ella che per giuocare era,
pensava, da bambinetta, d'esser
coll'inganno presa e fermata.
Ché purtroppo v'è cosa certa

d'aver anni di animi che
ogn'oco d'istanza sia p'ottener
tutt'anch'olo par bene o sacrifizio.
E la Giovenetta, come l'appena

sbocciato fior che colse,
era mollemente lasciata al
suo fragile stelo che pur ancor
non avendo naso parea pront'a

conceder ogni sua fragranza
al prim vento che l'aliti punt'intorno.
Son propr'esti momenti che
da li altri dovrebber esser mirati

col timido rispetto;
ch'appunto son ch'elli
ch'interessata astuzia spia al passo
e coglie al volo

pe legar volontà che non si guarda.
E quand'ella porse le piccole dita
e ne l'aere risuonò il rumore
spezzato del bel narciso,

la terra spalancò le fauci
e della bimba ne fece pasto.
La Giovenetta ancor cortese
a ritrovar si ebbe seduta sul tron

del zio scortese.
D'una piccoletta cos'è che guarda?
Il candido innocent'amor
ch'ancor esperienza manca.

E d'allor quel che fu un suol piatto
di cui ella neanche volea i frutti,
e pur mangiando sol pochi chicchi,
divenne eterna condanna.

E ancor ne li orecchi de l'artisti
si può trovar il canto suo
ch'ancor cerca lo fior mai colto
ché la sua giovenezza fu colta

da mani non ancor mai chieste.»
Allor io all'ascoltar della storia
non ancor ascoltata mai prima
infuocai e innalzai che già

dello stordente profumo infischiai
e cominciai: «Come poté
quel vile, compiere il tal gesto
e ancor di più come poté quel padre

ch'ancor oggi siede al tavolo
col rubator della figlia,
ancor dalla neve pervasa,
e volge a lui parol fraterne.»

Co li occhi fiammi allor
invocai tutta la potenza mia
e la forza che più non vi sia
e d'un colpo menai

che mai onere col più peso portai
di dover l'eterna legge infrangere
e già sapevo dell'infranto
patto cos'accadeva al mondo.

Ma niente capace a fermarmi ormai
dal pensar la Giovenetta in mani 'mmuffite
ch'io subito lei portai
e il più bel fior a lei donai.

Col tuon baleno ch'ella spaesata
già si ritrovava nello stordente campo
presa dai bianchi fior
ch'entre l'odore tornava lei in mente;

io cominciai:
«O sì tu più bel fior,
Giovenetta candida,
tu che dal cielo ti ritrovasti regina

e mai a li altri lo guardo volevi inchina,
quell'uom che stringesti la mano
mai volea il tuo bel danaro
eppur tu sei l'ettern'oro

e or di nostro regno tu sei la stella
e tu, cara immagine che c'innamori,
in esti campi, per noi dimori.
Sempre sarai venerata ma mai sarai legata».

Al veder de la Giovenetta allietare
e tra i bei fiori saltellare
non m'importai di ciò che al mondo
il guardo pensava ché dopo l'infranto

ormai patto nel mondo
la fioritura non tornava.
Ma d'infranto patto non curai
ch'anche l'inverno non volea finir mai

al saper la fanciulla libera pensai
e col cuor sereno m'allontanai.
A camminar col pittor cominciai
ma prima al collo d'ella m'assicurai

che il pittor ascoltar m'ebbe dovuto
a disegnar a man svelta un ciondolo
che mai non avrei potuto;
e or coll'iniziar del bel cognom

e col simbol delle più bell'ali cadute
ella avea del dito al collo avuto,
che col sol tocco s'avesse voluto
a chiamar prima di tutti

l'attenzion mia avrebbe avuto:
ché ella avea la mia suprema protezione
e anche il trono al fianco mio se volea l'aspettava;
ma all'anni n'oso dar comando

e allor a rider co fiori e esser volanti
lasciai a lei lo guardo.
E felici col disegnator
or potemmo andar avanti.

Canto 11

Era lo loco ov'a scender da lo colle fiorito
venimmo, sabbioso e, ancor prima
che 'l pittor mettesse mano,
già avea alte mura come tra catene in loro.

E 'n su la punta de lo rotto muro
vi era quel figlio del padre che
volle diventar uomo e re degli uomini
sol grazie al sangue suo alato

e d'ingenio genio fu che non pensava
d'esser fonte d'odio p'esser
seduto al trono da non figlio di re uomo.
E il disegnator che mi guardava e studiava

l'alta figura di pietra e non di carne
a chiedersi chi avesse costruita
forse tal bellezza matematica,
e disse: «Come arrivò

quell'alato a disperarsi tra gli uomini
a poi scegliere l'esilio
in esta dimora che sembra da mani belle
fatta e ritratta a seconda di schema umano?»

Non rispuosi io lui ma continuai
nel camminar e veder cosa quel fratello
stava mirando o pensando.
Difficil'era giunger a lui col seguir del muro

e allora il pittor dalla poca attesa,
il suo carbon prese e coi grigi
gradini ci trovammo
fron fronte al fratello tra gli uomini disperato.

E allor gli domandai:
«Amico, sì forse tu chi già chiamammo e vedemmo?
Cosa ti parve dinanzi al tempo ché ritornasti?»
E lui che non si voltò a guardare ma conobbe la voce:

«Io son quel re che dall'umano
cuore volea esser amato
ma diventat'uom errai da uomo
e allor pregai.

Fu la preghiera una lenta morte
che mi condusse alla qui disperazione.
Rivolsi mi ebbi a quello zio,
fratello del padre e custode d'acqua,

di inviarmi a me un bel compagno
con cui io dover potevo giocare
così da far vedere all'umana gente
che il mio core non era diverso dal loro.

E quand'io aspettai 'l bel cane
ecco ch'ebbi in dono un cane grosso
quanto più cani insieme a loro,
ma tu sai bene che a le cose così

noi non importa.
A giocar mi misi e fui col cor felice
che lui capiva e amava
e quand'ecco che lo chiamavo figlio,

quel mare impietoso m'ordino
di sacrificare l'amor mio
in nome suo e loro
sol pe' ricordarmi ch'era al comando.

E allor io che non volli
tagliare il candido capo bianco,
presi l'estrema punizione de l'onde.
Ma questi maligni, come in ogni tempo,

non con me scontaron l'ira
ma con chi al mio cuore avrebbe più devastato.
E allor l'onde col lor suon 'gannevole
preser il cor de la mia bella

e datolo lo ebbero a quel can una volta amico,
e da lor nacque anch'una creatura
ch'io odiai a vista e che a l'alata gente
fu sempre fedele e vicina.

Tu, mio fratello, puoi osare d'usar fantasia
per pensar quale sofferenza avea dovuto
passar la mia bella che riprese i suoi sensi
dopo aver fatto quella creatura non voluta?

Tu sai che ella provò tutti i giorni
a dimenticar ciò che l'acqua le avea fatto fare
ma la divina potenza accentuato avea quell'orrido
ricordo nel suo innocente genio

e allor ella senz'altra via
si tolse il polso e cercò pace.
E or io son qui condannato a star solo
per un amico chiesto pregando

capii che mai avrei dovuto pregar
ma mettermi a cercar di trovarlo.
E qui resto a far da guardia
a esto scempio della carne

ch'ho imprigionato tempo di dietro
ché nessuna creatura, alata neanche,
possa raggiungerlo oltre este mura
ed ello è lì, bestia, e lì debbe rimanere

che no ha genio ma sol corpo
e 'l sangue che batte 'n petto
non merita di dar passo.»
E allora io mi voltai al pittore

che più non sapeva che dirmi
e finito avea di legger i numeri di pietra
che dal suo fare capii
impossibili da decifrare.

E io che il silenzio mandai avanti
ascoltai il fratello che lo spezzò:
«Or tu non debbi sentirti in favore
di versar parole pietose.

Ciò che successe fu colpa mia
che mi fidai di lor.
Non voglio la tua pena anche se
conosco di averla già perché tu hai ali diverse

e già a questo cor spezzato
mi desti quella possibilità di fare
che già non accolsi per il mio libero pentire
eppur tu non riproverasti il mio diverso fare.

So che non mi caccerai dal tuo bel regno
ch'io ancor prima di te pietra portai
e i bei orizzonti neri guardai.
Or tu continua il tuo cammino

ché è tanto da costruir ancora
e vedo c'hai compagnia dal cor di pietra
che mai visse c'ha pietra migliore.
Non dubbiare sul suo lavoro

neanche il padre riuscirebbe
nel voler capire este mura
che non son di pietra fatte ma di lagrime certo.
Or basta dar fia' ad una bocca che volea silenzio,

cammina e vai e lascia me solo
come solo nacqui e già sai.»
Col rumor del palmo
il muro sott'i piedi cadde

e io e il pittor a ritrovar ci trovammo
dal di là del gran muro non di cristallo.
E allor poco ci domandammo
che le risposte eran chiare

ma non quanto le domande,
e a guardar già noi
ci mettemmo in viaggio
lasciando al silenzio il suo bel passo.

Canto 12

91

Il camminar ci trovammo al gelo del mondo
che non v'era più mura o d'altra cosa mortale
ma sol quel bianco immondo, orrido e soave
che a riempire era ogni strada

ch'allor a rivolgermi mi vuolsi verso
il pittor di due spanne spofondato:
«Questo è il loco di tormento eterno
in cui chiuso sta su la montagna

il tormentato viride uom
cui genio a comandar era grande sul
suo di tre piccolo cuor.»
E allor il pittor a me:

«A sentir già ebbi del l'uom di cui parlasti.
A condannar era quel giorno niveo
ch'ogni volta era uguale
e che serviva a non altro se non

a ricordare a ogni uom ch'è solo
e che tristezza infinita può calpestarlo.»
E allora al tacer del posto ricordai e dissi:
«Lì vi fu l'orrore e 'l nostro incubo peggiore

per qual forse il gegnoso Grinch prese quivi dimora,
eran quei squilli d'ottone col coro de li attori
che dopo le cattive lingue
insieme a prendere s'erano per mano.»

Mentre io e lui discorremmo
ecco che da roca voce e somma trista
a sentir ci ebbe e pronto rispuose
colui ch'era al centro del nostro dire:

«L'odiose voci e gl'inni orrendi, carole atroci!
Molto tempo era che faceo quel sbaglio,
limitatomi m'ero al silenzio de li altri
sonnecchiando un dolce risveglio col bianco sciolto

ma grazie a te in fin decisi di darci un taglio.
E a trovar mi misi del più modo
per bloccar il Natale di tutta quell'odiosa gente.
E a forza di pensar ebbi l'idea

che splendida ebbe il pensiero
ma che incolta era pe l'arido terreno
ch'infatti non è gente che batti col pensare
che cosa lontana alle loro menti è di lungo raggio.

Eppur vi provai non creduto da me medesimo
dell'esistenza di tale teatro eppur mi credetti
che già a ritrovar mi stetti ma non tollerabile
cosa trovai e per questo da te supplicai.»

E io che sorrisolo lo guardai
e di non due occhi mi ci sprofondai
conobbi quel senso del guardo e ancor mi ci specchiai.
E a parlar lo riflesso mio continuò:

«A creder non abbassavo l'alto genio
in quella finta magia ch'era sì nivea
ma più triste del più tristo giorno vitale
ma pur mi trovai a sperar in un diverso Natale

E sia chiar in ciò che a esser non era per
la stupida ricorrenza che già non fosse
ma per l'ultimo de giorni de l'anno che rappresenta
dal nuovo libro si ricomincia certo ma

di buona o cattiva lettura passata
non si può lasciar fuggire dalla testa
ch'ogni lettura ci appartiene
e noi apparteniamo a essa certo.

A veder quelle stupidi genti felici
sicuro fui più volte che in tra loro
v'era anche un qualcheduno con tanto di coraggio
ch'io mai a riuscir m'ero schivato

da fingere di felicitarsi per esser poi
ne l'aria di luci piena in errato posto e da finito fiato
tanto ch'a poco a poco a spegner si mise il vetro e il riso.
M'attenzione al dire mio:

il genio non è contro al giorno o al niveo vedere
ma al tristo veder del l'uomo che niveo va co
quella maschera di morale distrutta al risveglio sciolta
ch'allor a cantar mi invitavan con loro

e a sale buttato già mostro
io m'ero pe' loro trasformato.
E dunque io ora non credo nel Natale:
giorno come altri giorni gli altri.

Non ha niente di speciale se non quella maschera viziosa
ch'è sempre pronta prima de l'uscita
e che poi al calor si squaglia come la neve
che circonda la magia falsa.

Se magia debba esser così lieve
allor vuol dire che sicuro non è viva.
E allor continuate voialtri pur a creder sciocchi
in una magia ormai prima di nascere già morta.»

E co l'ultime parole vidi lo specchio frantumarsi
e le schegge andaron sì indosso m'anche
su quel candido pallore innocente ch'il color
a renderle già l'era nascoste all'umano occhio.

Col frastuono del rotto cristallo a rimaner v'era solo
il perfido bianco che traccia fece sparire
di quel viride uomo sapiente conosciuto
e sempre debba esserlo del Grinch.

E allor guardai pioggia cosciente
cader da lo viso pittoreo che sciogliea neve
e compresi con lui lo specchio rotto
perché era screpolatomi dinanzi:

a parol non riuscivo a dar fia’
ch’il pittor mosse per me la bocca:
«Sempre a odiar mi trovai il Natale.
Contenti a esser possono i cuccioli d’uomo

per le scatole quadrate con il rosso fiocco in cima
ma a toglier mi debbo ritrovar quei caduchi
scorrer di tempo de li pacchi
e allor cos’è quella labilità?

È speranza gettata all’errore,
è l’umano ostento a cercar quel positivo
mai trovato nella monotonia incombente.
Tutto il Natale non altro è ch’un finto bene

che par creare la maleola atmosfera natalizia.
Cos’è d’apocrifo nella storia del Natale?
Ormai è certo: il tristo e duro reale.
Con quell’assurda bugia ad arrivar s’era

all’illusoria falsità troppo in grande
che di pronto a finir de la magia
nel cader a schiantar ti trovi.
Lo primo a capir l’avea de l’illusione il Grinch

che però la malata gente a
la realtà distorcerla era riuscita
e tal dolor dal contrario persuaso
a crollar fece l’essere suo ma non le sue idee.»

Or continuar andammo e la neve superammo
ch’ogni pezzo del cuore nostro
intinto sarebbe stato certo sempre
del verde riso serio.

Canto 13

Poi che il cor del viride uom
mi strinse, raunai i cristalli sparsi
e rende’li a colui, ch’era già rotto
ch’il vetro potea in modo ritornar in pezzo.

Indi venn’il pittor affranto ch’a ricordar
m’ebbe del nostro corso viaggio.
Il doloroso verde l’è ghirlanda
intorno, come il pianto tristo ad essa

ma a mover s’era già dato che
unito certo non s’era mica spezzato.
E a camminar giungemmo in posto
che il carbon a render già mosse solo

lo spazzo in rena arida e spessa,
non d’altra foggia fatta che colei
che fu da’ piè di Caton già soppressa.
E io ch’ancor col piè l’accarezzai

all’occhio certo non badai dell’orgoglio
ch’in contro venea co l’alto capo.
Sovra tutto lo sabbion de suo’ piè toccato
a piover v’era di folgore dilatate falde

come di neve in alpe sanza vento.
Io allor voltomi cominciai: «Pittore,
chi è quel grande che non par che curi
le saette e viene dispettoso e torto,

sì che la pioggia non par che lo marturi?»
E quel medesmo, che si fu accorto
ch’io domandava al mio pittor di lui,
gridò: «A rispuonder ho bocca anch’io.

Qual io fui alato, tal son ombra.
Se quel padre stanchi lo fabbro suo da cui
crucciato prese la folgore aguta
onde l’ultimo dì percosso fui;

o s'elli stanchi li altri a muta a muta
in Mongibello a la focina nera,
chiamando "Buon Vulcano, aiuta, aiuta!",
sì com'el fece a la pugna di Flegra,

e me saetti con tutta la forza sua:
non ne potrebbe aver vendetta allegra.»
Allora io che capir aveo dell'uom in fronte
mi rivolsi a lui con miglior labbia:

«O Capaneo, sei tu il primo ch'avea
a la mente portato che la viltade
e il timor fecero i Numi.
Sei tu a far, primo, del coraggio il tuo dio.

Primo sei come già fosti quando
a scalar ti mettesti le mura dell'orrida città
ch'a mangiar si mise contro que' milioni armati
di lieta vittoria nella guerra contr'i trecento.

Niuno potea corromperti, tanto era sano
lo tuo esser vero uomo ch'ovviamente
a minar si mise la sicurezza di quel padre
che dovette darti la pioggia ch'or tu non patisci.

Tant'è la forza sua che riuscir non ebbe
neanche un tuo pianto o riso per l'elettrico vellicamento
e anzi pur essendo qui decidesti di portar
quella pioggia con te a dir che nulla pote contra te.»

«Mi fia piacer a sentir codesto vento
ma perduonami se a chieder domando
d'esser lasciato solo ché così
la mia anima volea e vole rimagnere»

E allor andammo dopo ch'ebbi avvisato
al pittor di guardar che non metta
li piedi ne la rena arsiccia di pioggia;
ma costruir debba un bosco p'aver li piedi stretti.»

Tacendo venimmo là 've spiccia
fuor de la selva un picciol fiumicello,
lo cui crescere ancor mi raccapriccia
come fium in 'stante aumento.

Lo fondo suo e ambo le pendici
fatt'era in marmo coi margini da lato;
per ch'io m'accorsi che lo passo era lici
e così vi giungemmo a evitar l'acque.

Mentre vi stavo attraversando con non tanto
pensiero lo pittore a notar ebbe
cosa che non vidi: «Tra tutto l'altro
che vedemmo e ch'io t'ho costruito,

cosa non fu da li tuoi occhi scorta
notabile com'è il presente scorrere
che sovra sé tutt'i dolori ammorta».
Queste parole fuor del gran carbone;

per ch'io dissi che mi largisse il pasto
di cui largito m'avea il disio.
«Al fonte del cresciuto mar siede una pietra guasta -
diss'elli allora - che s'appella Niobe.»

Allor io sollevai il guardo sul quel cresciuto fiume
e a veder vidi l'onde ch'erano su ogni limite potenti,
maestose ed erano pronte a sfidar ogni cosa
come slanci marini animati dagli spiriti dell'oceano.

«Spiriti non fossero - diss'elli capendo le parole non dette -
Niobe è fonte d'allor quando nel tristo giorno
quel padre vestito col falce prese tutti li figli suoi
perch'ella era meglio della divin donna.

Dal tristo giorno che lo riso de' suoi bianchi bimbi
a venir divenne pianto e poi silenzio
ella è fonte e la sua pietra in ciascuna parte,
dal core al seno sino al bel ventre,

è rotta d'una fessura che lagrime goccia,
le quali, accolte, foran ogne grotta.
Lor corso in ogne valle si diroccia:
fanno Acheronte, Stige e Flegetonta,

poi sen van giù per questa stretta doccia,
che su quel padre a meritar non ebbe la sua acqua,
infin, là dove più non si dismonta,
fanno Cocito; e qual sia questo stagno

tu lo vedrai, però qui non si conta»
E quando ancor l'aria era intrisa
del fiato del gran pittore l'acque alzavano
fin sopra l'orlo e p'evitar l'immersione

lasciammo il passo ch'ormai era tempo da scostarsi
dall'acqua; e a svelto piede dovemmo
che di retro più non potemmo
ch'ogni cosa divorava il blu

ché niun potere potea calmar l'onde dell'urlo materno.
E quand'ecco videmi abituar lo passo a l'acqua
lo disegnator a urlar m'era dietro:
«Mira! Quel tristo colle più avante ci fia ombra»

Ma io che vidi meglio
guardai lì su la verde altezza
e da lontano sembrai figura che scorge
uomo respirato e di genio certo.

E allor allungai lo passo
e a veder intristito mi persi
la veloce acqua tutt'intorno
che parea abituarsi ai calpesti.

E arrivato al finir de la bruna polvere
a salutar mi trovai de l'acqua
che però ancor sicuramente
a riguardar doveo a me trovar.

Canto 14

E allor'andammo e a seguir lo
grande pianto vi trovammo.
Ancor ne l'aere era lo dolore
che fece sì de l'acqua pianto,

quando vid'io anima pargola
che mai vita più fu amata
de l'anima esiliata.
Non su' piedi era

ma la pelle al nudo giaceva
al sentir le movenze d'erbe
e lo vibrato soffiare
che mai fior mai mosse.

Su d'un colle mirava lontano
come guardo che vuol passare
ma da cose è escluso
e sì nel pensar si finge

ché più quiete non potea chieder
e nel tacere conobbe il rumore.
E come sol l'uom che guarda e tace
lui conobbe l'eterno che gli sovviene

e 'l morto e 'l vivo
e tra l'immensità d'ello s'annegava
lo genio suo e intra li fiori dolcemente
a lasciarsi naufragar si finse.

Ma'l di là del dolce pianto
ad aspettar lo era una dimora
che in su dal colle co li alti cancelli
avea già sbarrato l'aperto ingresso.

Già esso non vi volle entrare
ma l'invito gli fu colto co tanto d'istanza
e lui l'errore di fidarsi già fece
che di fatti v'entro per compiacere.

Al di là da quello al dare ebbe
una cella tutta lacera e rovinosa
dov'egli era in continuo
pericolo d'esser oppresso.

Quivi a passar la vita debbe fino alla morte
a non aver cure nessune e a esser
lasciato battere dai figliuoli del padre.
E allor a voler già volle tornar in quello pianto

ch'ebbe rispuosta dall'aere procellosa:
«Forse che ho fatto io questa villa per te?
O mantengo io questi miei figliuoli,
e questa mia gente, per tuo servigio?

E bene, ho altro a pensare che de' tuoi sollazzi,
e di farti le buone spese.»
E la sua risposta ancor fissa ne ricordi dell'ora:
«Vedi, fulmine, che siccome tu non hai fatto

questa villa per uso mio, così fu
in facoltà tua di non invitarmici. Ma poiché,
spontaneamente, hai voluto che io ci dimori,
non ti si appartiene di fare in modo, ch'io,

quanto è in tuo potere, ci viva per lo meno
senza travaglio e senza pericolo? Così dico ora.
So bene che tu non hai fatto il mondo
in servigio degli uomini.

Piuttosto crederci che l'avessi fatto e ordinato
espressamente per tormentarli.
Ora domando:
t'ho io forse pregato di pormi in questo universo?

O mi vi sono intromesso violentemente,
e contro tua voglia?
Ma se di tua volontà, e senza mia saputa,
e in maniera ch'io non potea sconsentirlo

né ripugnarlo, tu stesso, colle tue mani, mi vi hai collocato;
non è dunque ufficio tuo
se non tenermi lieto e contento
in questo tuo regno,

almeno vietare che io non vi sia tribolato e straziato
e che l'abitarvi non mi noccia?
E questo che dico di me, dicolo di tutto il genere umano,
dicolo degli altri animali e di ogni creatura.»

E all'ode d'este parole
che li tuoni del trono fecero tremare,
rispuosta del padre in su quel mare s'ebbe:
«Tu mostri non aver posto mente

che la vita di quest'universo è
un perpetuo circuito di produzione e distruzione,
collegate ambedue tra sé di maniera,
che ciascheduna serve continuamente all'altra,

ed alla conservazione del mondo;
il quale sempre che cessasse o l'una o
l'altra di loro, verrebbe parimente in dissoluzione. Per tanto
risulterebbe in suo

danno se fosse in lui cosa alcuna libera da patimento.»
E quello che a degnar non ebbe
l'insulsa mente che all'altezza non seppe:
«Cotesto medesimo odo ragionare a tutti i filosofi.

Ma poiché quel che è distrutto, patisce;
e quel che distrugge, non gode,
e a poco andare è distrutto medesimamente;
dimmi quello che nessun filosofo mi sa dire:

a chi piace o a chi giova cotesta vita
infelicissima dell'universo, conservata con
danno e con morte di tutte le cose che lo
compongono?» e colpitolo di sfida

d'altro intelletto già detto
quello sporco padre non sepp'altro ch'ordinar,
mentre egli ancor stava in questi e simili ragionamenti,
a due leoni, figli suoi,

così rifiniti e maceri dall'inedia obbligata dal padre,
che appena ebbero forza di mangiarsi
quella grand'anima, come fecero, e presone
un poco di ristoro, si tennero in vita per quel giorno.

Ancor perduto nel veder l'infinito
affollato da quel che fu lo sommo genio,
che io e lo disegnator al mio fianco
d'immenso guardo d'invidia bella colmavamo,

allo guardo sparì per dentro l'acque
che l'ultimi cerchi d'aria risaliron su,
come stanco de li obblighi di quello
che a voler lo costrinse d'una vita oppressa.

lo disegnator ch'a mover avea iniziato
la salvifica mano ch'avea comandato
ebbe il mio fermo:
«Che per una volta sola

l'uom di sé capace
non sia privato del più sacro
de doni mai fatti:
l'esser sciolto di scelta»

Canto 15

E continuammo su la strada
che vedea scappar da quella
di grida fonte e ancor
a ripensar ci trovammo dell'infinita anima

che rispuosere non solo seppe
di quel misero padre ma a facere
lo fece di paura rovinar li denti
che i leoni non seppero ripulir dal sangue.

E il pittore ancor pensoso iniziò:
«E se lui non volle di quella sorte esser colpito?
Al finir dei pensieri miei mi dissi ch'ello
volea sol vivere vita serena»

E io ch'aveo risolto li conti nel modo
più rapido che lo carbon mai non ebbe:
«Lui è ora felice»
e a veder lo rassicurai ma quello

non capendo e di pensier mi disse:
«Che tu ne sai di quel che volle?
Non era del libero vivere il tuo
dei doni più grandi?»

E allora io: «E di libero vivere parlo.
Quand'elli fu annegato, io ad assicurar
mi sono assicurato ch'ebbe al fondo
de l'acqui una via ch'era sì asciutta e respirosa,

al modo ch'elli potea ritrovarsi salvo di sua mente
senza chieder altri le parol di vergognoso aiuto»
E lui col cor a batter riprese
e sorpreso sì che mi chiese:

«Or noi andar dovremmo a salutar
ché sicuramente lui ce la fece.
Dimmi, dove al condurre lo porta
quel tuo passaggio così ingegnoso?»

E io fecemi severo:
«Allor tu non comprende.
Se or noi andiam di lì dove lo portai
lui verguognoso sarebbe ché io lo salvai»

E il disegnator dopo ch'ebbe pensato
e fatto di larghe gesta uso il pensiero:
«È forse vero ma così com'ora
non sapremmo mai s'ha scelto lo fondo o la via»

E io sorrisolo per la prima volta:
«E mai a saper dovremmo fermar la mente.
È questa la libertà ch'ognuno dovrebbe godere:
libero di respirar e libero a saper s'ancor lo fa»

E infin datomi ragion lui tornò a me
e poggiatomi la mano sul braccio mio
continuar ebbe il passo che
lo velocizzò poi tanto ché a ricominciar

sentimmo le grida del fiume pianto.
E infatti a ritrovar lo trovammo
dopo che a parlar già il colle attraversammo
e ora al ritorno di quel mare ci lasciammo.

Come noi fummo giù nel fiume dolorante
dicere ebbi io udito lui: «Guarda come passi:
va sì, che tu non calchi con le piante
le teste di quell'orso misero e lasso»

Per ch'io mi volsi, e vidimi davante e sotto i piedi
un lago che per gelo dell'infinito dolor
ch'ebbe rotto il calor del cor
avea di vetro e non d'acqua sembiante.

Quand'io m'ebbi dintorno alquanto visto,
volsimi a' piedi, e vidi
l'orso coll'uom sì stretto,
che 'l pel di capo e corpo avieno insieme misto.

«Ditemi, voi che sì strignete i petti -
diss'io - chi siete?». E quei piegaron i colli,
e poi ch'ebber li visi a me eretti,
li occhi lor, ch'eran pria pur dentro molli,

gocciar su per le labbra, e il gelo strinse
le lagrime tra essi e riserrolli.
E vid'io l'uom e l'animal per cui mi vennero brividi,
e verranno sempre, de' gelati battiti.

E l'alto pittore vistomi tremante
verso a me sembrar venisse e qui
appoggiatomi a sussurrare iniziò:
«Quel gran orso e quel pelo ch'a sembrar scalda

è quella donna che al falso genio più volte
a inchinar si ritrovò per la falsa causa
ma che poi quello stesso alato
alla terra in pasto la lasciò.

La mortale a seguir seguiva corretta
quell'alata, figlia del padre, ch'odiava
tutte le creature più belle e di loro ne faceva giuoco.
La mortale non avea colpe se non

la colpa d'esser la più bella e pertanto
quel padre traviato ne fece di lei madre
ed ella innocente si ritrovò dalla figlia del padre punita
per la sua mancanza di castità

e per questo in un orso trasformata.
Ma ella ancor non era privata del cuore
ché nel grembo bello ancor v'era
il secondo battito.

Ed ecco ch'arrivò il giorno del parto
e a lì di poco un gruppo di spietati uomini
che volean dell'orso farne cibo videro l'umano
e ne fecero assassino.

L'orsa ch'ormai già n'avea più battito
era disperata della vita insensata
quando un giorno a ritrovar s'ebbe
nella corsa per il sopravvivere

un gruppo d'uomini che la corse e
a voler tutti voleano che diventasse cibo,
ma quand'ecco ch'il piatto sparì dinanzi a li affamati occhi
ella si ritrovò una freccia nel grembo sanguinata.

L'orsa mosse lo guardo
e il figlio sul suo corpo levava il trofeo de l'arco.
E la madre che lo diede al mondo
al suo guardar rimase dolorata

che non era quello il figlio ch'ella avea pensato
eppur la riconobbe prima di morire
quand'ello, finito l'esultar del vincitore,
a guardar si perse quei due bottoni.

Li occhi de la madre a riconoscere ebbe,
ché anche se sconosciuti eran sempre cercati.
E in quello guardo comprese la sua freccia
ch'uscì dal grembo matrigno col suo ultimo respiro.»

Io che non aveo parole nel guardar quel figlio
e quella madre uccisa dal suo ventre, urlai
e dal ghiaccio liberai:
«Voi, madre e figlio sconosciuti,

ch'ancor dopo anni siete rimasti cinti,
per l'umana fame e la divina perfidia uccisi,
salite dal gelido pianto e a ricominciar fate
il battito di quel cuore caldo

ch'il pelo d'una madre possa sempre riscaldar il figlio
e che l'arco del figlio possa sempre protegger la madre.
Or voi lasciate questo mondo che tanta sofferenza
v'ha solo donato, e volate co la polvere delle stelle

e a guardarle diventatele.
Che il vostro calore riscaldi l'universo,
che chi perda la via possa nei vostri occhi ritrovarla,
ch'un guardo possa mai tradir chi vi guarda.»

E quelli volarono oltre il lago,
e oltre le nubi del cielo,
e l'aere li salutò col lagrimar leggero,
e in su, ne lo nero, lasciarono splendersi.

E ora ogni uomo conosce la loro storia
e quando si sente perduto guarda i lor bottoni
supplicandoli di mancar la freccia
che neanche la maggiore orsa riuscì d'evitare

Canto 16

Già era in cielo in su le nubi e queta
quella stella che fia di tanta guida
ch'allor co' lieto passo girammo il Cocito
che il gelido avea già dimenticato.

Fec'io per voltarmi al pittore
ma non fui della veloce spinta pronto
ché già di noi l'aere avea preso
l'attenzione col soave canto.

Vid'io allora anima sola ch'andava
per la via col guardo alto
come s'avesse patito tanto
da non voler più guardare i passi suoi.

L'anima probata già era stata torturata
p'ogni sua umana distrazione e debolezza
e p'ogni candida carezza
data per non sentire l'amarezza.

Allor lo disegnator a me:
«Non disegnai pioggia eppur piove;
senti 'l suon de l'acqua caduta,
senti che bel rumore»

Io non badai e a continuar stavo
quell'anima che continuava a seguir
i suoi passi ormai bagnati
senza pensare a niente e

non perché mancasse di genio
ma come se riuscisse a guardare lo mondo
con aria indifferente, ché i momenti
eran lontani di quando turbava un guardo.

E allor chiesi al carbon:
«Ancor non vedo il senso del suo vagare»
e prima che le parole caddero co
la pioggia già scesa e perduta, mirai

l'anima ch'iniziò a cantar co l'acqua:
«Perché la vita è un brivido che vola via,
è tutto un equilibrio sopra la follia…
sopra la follia»

E allor compresi quel senso
ch'infine ogn'uom si deve sentir un po' male
ma forse alla fine del tristo racconto
ci sarà chi ancor crede nel coraggio

chi affronterà i sensi di colpa
per eliminarli dal dannato viaggio
così da vivere davvero ogni momento,
con ogni suo turbamento,

e come se fosse l'ultimo.
L'anima dalla pioggia ancor amata
a guardarmi iniziò:
«ed un pensiero mi passa per la testa:

forse la vita non è stata tutta persa,
forse qualcosa s'è salvato,
forse davvero non è stato poi tutto sbagliato!
Forse era giusto così.

Forse, ma forse, ma sì.»
E a finir stette nel rimirar la caduta acqua
e io ch'innamorato ero sulla sacra lira
feci per domandar cosa

ma quando ancor bocca non s'aprì
lui capì dimanda e rispuose:
«Cosa vuoi che ti dica io?
Senti che bel rumore»

E così scomparve,
con la pioggia tornò nube
e tra le mani lo vidi fuggire
dalla mia grazia mai colta.

Egli non c'era eppur sapevo ch'era lì
come nubi nel ciel sereno:
ch'appaion sol quand'ormai
è lo tempo de la pioggia,

eppure son sempre lì.
Cos'io al carbon dissi:
«Sì fors'è lui colui che
de la lira ne fa arma e de parole fuoco?»

E lui a me: «Giammai conobbi
anima che come lui movesse
note della vicina notte
e suoni del lontano sole.

Ch'io possa mai più disegnar
se un sol d'elle canzoni non
mirasse a ciascun ch'è qui con noi.
Esto è il regno che lui parla

ed este le parole ch'esto merita
ché mai fu scritto d'esser cosa facile
esser ch'invece de parole
ama i piovosi silenzi.»

E col cenno indicai di continuar
ch'aveo bisogno di pensar
e li passi non lasciavan che giovar.
Ormai de la pioggia n'era diventato un mar

e allor per fatica levare
il carbon la mano volle subito usare
che del mare veniva lentamente fatto
spiaggia e alberi belli

che pur lor scendevano
come lacrima su le foglie
ad aiutar le onde ne l'altezza.
Ma a resistere non seppi

ch'a riveder lo suono dell'indolorante mar mi persi
e la bella schiuma rotonda
e il nutrir de la sabbia che bruna
si fece da chiara qual era.

E a non poter non ero che
sol'io con due piè ne l'acqua
e sol dopo l'amor de l'onda
a ricordar m'ero messo

che di quell'amor altro non vi fosse
che pianti di nubi.
E allor compresi 'l dolore che necessario
era p'ogni tristo malo, speranzosa gioia p'altro amore.

La Comedìa
Canto 17

Chi può mai pur con parole sciolte
dicer del note e del lo pianto al cielo
ch'i' ora vidi, per narrar più volte?
Ogne lingua per certo verria meno

per lo fluire dell'alata mente
ne l'umano sermone e per lo genio
c'hanno a tanto comprender poco seno.
Quando ancor poco concentrato ecco

che di lontano a muover li cuori
ebbero quel donne co l'amor pungente
de l'amor vero gravato e sì protette
ma dall'uom punite ché furon schiette.

Ebber la danza iniziato col ventre mosso
e a cantar s'era avuto nota diversa
ch'infatti all'apparir non era come la prima
che mutava il soffrir in vita

ma all'evidenza d'ogne cosa notavano
su parole d'un dolore ch'era amore
e andando di note in note d'un tratto
di note ne fia foco.

E fuoco intenso cagionò a li occhi
che forza avea di divina creatura propria
e allor lo conobbi, e a me si vuolse
premiato prima del parlare da lo tiaso:

«Suol di genio, a te giungo.
Io son Dioniso, generato da quel padre
e dalla cara Semèle, vittima d'inganno,
ch'ebbe il grembo disciolto del folgore il fiammo.»

E prese il pittore a me:
«Fu quel figlio folgorato
ch'ora ha la sua luce ch'incanta
l'effimera che n'è incenerita»

E allor'io a suon de la musica:
«Chi dai malanni e dalle brighe
viene all'eterna pace? Chi di Lete
alla pianura, alla Tosa dell'asino,

al Tenaro, ai Cerberi, al libero genio?
Sei forse tu quel divino e quel mortale
ch'avea de la morte veduta vittoria?»
E a finir di parlare, parlai all'altro cantare:

«Non debbo esser io a rispuondere,
senti li bellissimi canti che t'arrivai»
E or ora a cantar ebbero fiato
un gruppo sgraziato di ranecigni:

«Brekekekex koax koax,
brekekekex koax koax.
Prole delle paludi e delle fonti
leviamo sul flauto

voce di inno, il mio canto
sonoro, koax koax,
che per il Niseo Dioniso
figlio di Semèle ingannata

nelle Limnee facciamo echeggiare
quando alle sante Pentole
la turba del popolo
ebbra di festa viene al mio santuario.

Brekekekex koax koax.»
E quello prese a parlar co li animali:
«Ma crepate voi e il vostro koax:
non siete altro che un koax.»

«Proprio così, o gran seccatore.
Cara io sono alle Muse che dolcemente suonano la lira
e a Pan dal passo di capro, sonatore di zampogna,
e di me ha gioia Apollo citaredo,

per la canna nata dall'acqua, che sostegno
alla lira nelle paludi io nutro.
Brekekekex koax koax.»
«Smettetela, razza di amanti del canto.»

«Anzi, voce ancora più forte leveremo,
com'è vero che nei giorni di bel sole
saltiamo in mezzo a ciperi
e giunchi, felici di cantare

fra tuffi e melodie;
oppure fuggendo la pioggia del padre
sul fondo intoniamo
sott'acqua un'aria di danza

screziata di bolle che scoppiano»
«Brekekekex koax koax,
questo lo prendo da voi»
«È un'offesa tremenda.

Brekekekex koax koax»
«Andate in malora!
Non me ne importa»
«Va bene; e noi continueremo a strillare

a gola spiegata
fino al finir del giorno.»
«Brekekekex koax koax,
non mi batterete»

«Nemmeno tu noi, sta' sicuro»
«Nemmeno voi me,
mai: continuerò a strillare
per lo giorno intero, s'occorre,

finché v'avrò sgominato a forza di koax,
brekekekex koax koax.»
E li due continuarono per l'infinito schioccare
e io e lo carbon andammo per lo desistere.

E lui a me: «Tu pense ch'è diventato matto?»
e io: «Temo che sia, fu divenuto matto per intero.
Ma lasci, o pittor, rivelarti il segreto de l'umana tavola:
li miglior pennelli son matti per un chiaro disegnar».

Canto 18

Andat'innanzi e lasciato l'uom nel canto solo co l'animali
passammo quel posto e mentre lo facemmo discorremmo:
«O quel tale sfortunato
ch'ebbe la gelosia di quella moglie provato.»

«Ricuordo ancor ch'accadde - rispuosemi sudato -
quel padre traviato
lo amore non seppi in che numero ebbe violato.
E della mortale s'ebbe preso d'amore

che l'ingelosita donna ebbe sospirato
e quell'orecchio mortale fu macellato
ché preda de la diffidenza d'amore fu obbligato
e chiestogli il non travisare fu folgorato.

Ché l'amor con un divino è foco
e da tale brucia ogne cosa e
de l'umana carne ne fia cenere
ma quell'acerbo feto a salvarsi venne salvato

e ne prese lo nome di Dioniso,
lo frutto dell'amplesso del rogo.»
Nel novo luogo, de la schiena scossi
di Dioniso, trovammoci; e il pittor,

che tenne a sinistra, vuolsosi a me:
«Che fussero le noziali feste
e lo cibo caldo e profumante ch'ebbero
lo lungo tavolo riempito che mi fu innante?»

E io a guardarle a labbra scostate:
«Fu questo lo banchetto degli dei
che misero per quell'unione che vide
a mischiar le labbra de la più bella

de le Nereidi e quello del Pelide - e
a lo cangiar de lo proietto guardo -
mira lì, pittore. Anima vidi che
di pieta mosse l'alto odore»

«Vedutomi m'hai e allora già via non vado,
calma lo tuo braccio ch'ancor mi guarda incredulo,
non venni per il portare della discordia
ché io non fussi quella che crediate»

E io, dopo ch'aveo piedato lo pittore:
«So chi fosti, ebbi udito li canti di Cipro,
ma mai credetti a quella storia
ché io non veggo motivo de la subdola vendetta

tanto che meglio fusse per lo genio tuo
piegare li Titani contro quell'altri
così che l'uni si sanguinavano pe li altri
e noi ne uscimmo salvi.

Ebbi questo lo sentore de la bugia
ch'infatti grande genio di te penso
e li canti non ebbero la veduta che
mira un grand'occhio come il tuo»

Ed ella già piangente per lo discorsare:
«Fosti lo primo essere, qualunque tu sia,
che vede ne la mia carne del genio
e non la sola incurata vendetta»

«Lo vedo e lo seppi, ma allor parla»
e quella al rigirar de' lo primo dito:
«Non fu'io la furiosa per lo mancato invito
ch'io infatti non m'importai e anzi guardai lieta.

La mancanza di rispetto era per lo mio profilo
un'alta forma di diletto ch'infatti
se loro non m'ebbero invitato allora fu
acclarato che fossi di livello imparagonato.»

E prese per lo primo tempo parole quel carbon:
«Dunque non fosti tu la rubatrice di quel giardino
ch'ebbe la triplice Luna come custode
ne lo aspetto sovrano che le fu dato da la morte?»

«Fu la figlia del padre ch'ebbe ingannato le Tre.
Quella che induce a la hỳbris e nasce dallo mancato
senso di misura di quel padre tracotato.
Ella fu a fare lo furto e io fui a fare lo processo.»

«Che tu dica ora a le mie orecchie?»
allo parlar più forte che doveva ebbe lo pittore
«Carbone, dice la verità. Ascuoltala e solo
dopo che lo ebbi fatto, parla» ammunito tace

«Ate fu ch'incise sull'oro la celebre frase
e al lancio del pomo lucente io m'ebbi trovato
ch'ero appena arrivato per lo passeggiare
dei dintorni e lo canto degli uccelli

e allor subito li altri vedutami
pensarono ch'io pensavo a loro
quand'in realtà a me stessa solo penso
e di me degli altri non passa niente per la mente.»

«E tu per lo scudo mai usasti?»
chiese il disegnator ormai con cambiato pensare
«O io provai! Ma per cosa lo prende lo scudo
se a batter devi quel padre che non accetta ragioni?»

E mentre lor parlavano con sorprese grandi,
io che con l'occhio cerco vidi un col capo sì nascosto:
«Chi tu sia? E come non ti presenta?
Fia poco rumore anche se tu senta così largo parlare»

Non rispuose quel capo nascosto ma quella
ch'ancora discuteva col pittore disse:
«Questo ancora è tutto preso dallo spavento
che quando vede persone divine si vela»

«Io non chiesi a te ma a lui certo
a capir debbe ch'io non fossi come li altri
e s'il padre m'ebbe odiato è proprio perch'io
non l'ebbi mai somigliato»

«Tu avesti lo coraggio di dire le parole ch'ascoltai?
- prese a parlare co la lingu'annodata
ch'ancor adesso a confondere m'ebbe lasciato
un vociar che volea somigliar al suo come a difetto -

Io fui quel principe che per li dei nacque odiato
e i genitori lo ebbero dimenticato
che da corone si ritrovò co le lane
finché li stessi dei affidarono lo giudizio infame.

Fu proprio quel giorno ch'io pascolavo
su lo Gargaro monte quand'ecco che dall'azzurro
a viaggiare colle nubi erano le tre invidiose
co quella scorta che fu sì veloce

a cangiar lo bastone co l'oro
e a dir ch'io avea da pronunciar lo giudizio loro.
E allor non compresi ch'erano quelle tre venute
fin quando a negoziar s'erano ben vedute.

Una a corromper voleva lo giudizio co la potenza e lo denaro
tanto ch'allo gesto mio s'inginocchiavan li popoli;
l'altra per un giudizio corrotto donava la somma sapienza;
e l'ultima volea pagar coll'amor de la più bella mai vista.

Io che non ebbi educazione poiché per li dei
conobbi solamente l'esposizione,
non seppi che rispuondere e la mente ottusa
scelse la corrotta via dell'amore.

E la terza ebbe eterna gloria per lo pomo
e il padre avea mancato lo suo giudizio
ch'avrebbe scatenato l'ire eterne delle perdenti
e io mi ritrovai nel letto della donna più bella,

ma mai cessaron di tramare quei dei maligni
ch'infatti quella donna non fu nubile
ma era già di altro uomo e questo, per lo
divertire de li dei, era lo re di Sparta.

E così co la scelta mia s'ebbe la guerra
e dopo la morte di molti uomini,
di cui grandi imprese vennero narrate,
a veder vinti vidi non la mia gente ma l'altra.

Cos'io, lo re pastore, iniziai la guerra
e mandai li miei uomini alle spade
mentre comandavo al cane di veggiare sul bestiame
per lo poi veder dei nemici mangiarmi anche lo cane.»

Allo dire di questo intervenne la donna alle stretta braccia:
«Or sapete il vero che lo padre non volea sentire
e quinci sia la storia narrata nella terra libera.
Ora a pregarvi prego di proseguir lo passo

che già quest'uom fu dal narrar sì arso
e a lasciar lasciateci consumar lo pasto
che la fame leva ogn'animo guasto.»
E guardatoli fiondar sul banchetto lasciammo il passo

Canto 19

Lasciammo lo lungo tavolo che facea da nozza
e proseguimmo fin lo scendere d'una costa
a giunger in un loco novo e familiare
quasi come se a ricordar venisse la Scizia.

Quivi proseguimmo tra li aspri monti e le lande desolate
fino al momento in cui, giratomi, vid'io l'alta roccia
e allo spettacolo fece lo pittor nei miei versi:
«È forse la roccia al cui gira ceppo l'aquila?»

Feci per rispondere quand'ecco ch'all'ascoltar ci lasciammo.
Io sentia d'ogne parte trarre guai
e non vedea persona che li facesse;
per ch'io tutto smarrito m'arrestai.

A capir l'aveo dinanzi a chi mi parai
ma s'era fatta in ugual modo quell'aria,
del turbamento e de li scossoni a sentir
li aveo in su la schiena e in lo corpo pieno.

Non eravamo ancor di là arrivati
quando noi ci mettemmo per lo intorno a girar
che da neun sentiero era segnato.
Non fronda verde, ma di color fosco;

non rami schietti, ma nodosi e involti;
non pomi v'eran, ma stecchi con tosco.
Quivi li brutti alati lor nidi fanno,
ch'hanno ali late, e colli e visi umani,

piè con artigli, e pennuto il gran ventre;
fanno lamenti su li alberi strani.
E la roccia parla: «Che grida,
io in eterno fui obbligato a sentirla.

Or tu vedesti la mia condanna
par forse io uomo meritevole d'esta cosa ria?
Tu che prenda e fia, concedimi lo processo
e ch'esto sia colle spadi uguali

ch'io prima d'or mi batti col legno della lama
e andai contr'al ferro spezzato
e ancora oggi sento lo dolore delle scheggiole
della spada mia che mi trafissero.»

Io e lo carbon, veloci, girammo lo rotondo
e di faccia ci trovammo con chi parlava.
A mover non poteva un sol'osso
e anzi già parlava per non so che forza.

Nudo con una colonna da parte a parte,
nella zona più alta e esposta d'intemperie,
col petto squarciato e lo fegato dilaniato;
eppur ancora avea la forza di battersi per un giusto processo.

«O sei forse tu quel titano amico del progresso?
Quel titano che vide la figlia del padre nascer da la mente?
E che poi diede la forgiatura de l'uomo
a immagine de lo fango e all'animar de lo foco?

Sei forse tu quel genio ch'a veder de lo scrigno
lo rubò a quella figlia per farne dono
d'intelletto e ricordo all'umani già vuoti
che col dono facean paura al padre?

Tu, quel genio ch'inganna lo padre
dandoli ossa lucidate più che carni di ventre lordi?
E per quest'astuzia facesti perder quel
segno di vita a tutti li uomini.

Eppur tu non ti ritirasti da ricca divinità
ma vedesti la morte senza il foco
e allor prendesti la scintilla d'Elio e dileguasti
senza che neanche un alato ti vedesse.

E poi per lo stupido fratello che de la carne
tentazione non fece ripetere più volte
pagasti il tuo ribellarti e or ti trovi
col fegato, ch'ancor cresce, mangiato.

Ma dopo lo dolore ancor sei forte,
e sai cos'è lo giusto e lo pretende.
Che batte? Al pensar de i figli tuoi?
Sì lor ch'han fuoco son ancor vivi;

non tutti ebbero lo soffio del padre
e la caduta nel fango freddo m'ancor
c'è lì giù nel fondo qualchedun che vive
e ancor fa custode di quella fiamma»

Sentitolo quest'ultimo parlare del labbro fia curva
e come rispuondere alla sua persona disse:
«O cos'io darei per lo guardare
d'anche un solo di quei figli miei ch'ancor fiammano»

D'improvviso balzai che di fianco guardai un urlo speranzoso:
«Io fuorse compresi l'idea ch'ebbi per un tale»
e quello, ancor come a parlare a sé, rispuose:
«Che intende? Io forse ti par uom che disegnai?»

«Chirón: gran centauro il qual nodrì lo figlio tuo piè veloce.
Esso è la speranza tua di riveder i figliuoli.
Furono tutti i centauri a combatter contro 'l forte alato
e in battaglia egli ebbe lo strale nel flettere del gambo.

Non fu problematico poi ch'egli era non mortale
ma quello era avvelenato e d'allor vive nel dolore
di chi non puote cucire né morire e per l'indicibile soffrir
cadde nella più cupa disperazione.

Or dunque tu, fratello, c'hai lo potere, convocalo!»
Neanch'ebbe finito lo parlare che lo gran Chirón,
che fu per via divisa d'umana e equina carne,
ci parve innanze soffrente e dolorante.

«Chi mai ha convocato un mostro ch'é sì dolorante
ma ch'ancor non fia passar vita innante?»
E guardatosi intorno echeggiò sprezzante:
«Mirate! Un alato incatenato e dolante!»

«Alato già fu! Nemico del padre è ora,
detestato da tutti gli alati
ché amò i mortali oltre misura»
a questo sentir lo guardo del centauro a mutar s'ebbe.

«Che fusse vero?
Stetti troppo chiuso per la grotta mia
a crepar da lo dolore focoso del veleno
ch'io non seppi più l'amata storia e l'azzurro cielo»

«Desideri la morte più d'altra cosa figliastro mio.
E io morte posso darti se tu davvero questo sognasti»
E lo mostro da spietato a bambino si piegò
e col capo cominciò a dir sì più di così.

Vedemmo l'immortalità scangiarsi col mortale
e la sofferenza lasciar un'anima che pativa troppo.
L'uno prese lo posto de l'altro e il dormir eterno
divenne speranza nel veder ancor l'eterno foco.

Eppure ancor qualcosa mancava.
Cos'io presi foco e vidi andar quell'anima mortale
fuori dalla caverna che casa non potea più chiamare
ma cella per le logore sbarre da cui mirava ciò che desiderava.

E allor andò in lì su le nubi,
dov'esso più bramava.
E vide lo azzurro invader la carne e poi l'osse
e poi sentì lo fuoco bruciar l'umane ceneri.

E contò i pianeti e invidiò lo brillar del nero
ch'allor esso divenne la costellazione più estesa de lo cielo,
ed ebbe la stella di fianco allo sole, lo più luminoso ammasso,
e la più vicina galassia a quella de' fratelli suoi.

Canto 20

143

Perdemmo Prometeo sfuggente a correr da' i figli suoi,
e immaginammo il lieto nel guardar ancor la fiamma
m'anche lo tristo nel veder in quanti si spensero
ma comunque a lottar continuammo lo passo.

E ad andar giungemmo a la solinga via,
ove lo passo era negato e lo braccio chiamato
ché tra le schegge e tra' rocchi de lo scoglio
lo piè sanza la man non si spedia.

Non scorse molto che nel vuoto passo
lo pittore si ritira pe' lo stran caldo
e allor guardando una fiamma:
«Chi è in quel foco ch'arde e tace?»

Rispuosi lui: «Non v'è dubbio su chi lo sia:
Ulisse che per l'amar del cognoscere geme
la punizione di quel padre amante dell'ignorare.»
E lo carbon si mosse come s'ebbe sentito grande apprezzo:

«S'ei puote dentro da quelle faville liberarsi,
assai ten priego e ripriego, che lo priego vaglia mille,
che non lo facci attender nel foco del padre
ma liberalo e concuedimi co lui lo scambiar di parola»

Ed io: «La tua preghiera non è richiesta.
Non fui mai creatura priva d'ego d'aver lo bisogno
d'esta forma di veneranza che priva la furbanza.
Anch'io voglio la costui libertà, e così sia.»

L'alto corno de la fiamma antica
cominciò a tremarsi e la voce a vigorirsi
che il vento in su la fiamma non s'affatica
e l'alta sapienza gittò grande voce e disse:

«Quando mi dipartii da Circe, che sottrasse
me più d'un anno là presso a Gaeta,
prima che sì Enëa la nomasse,
né dolcezza né pietate di figlio

del vero padre, né debito amore
lo qual dovea Penelopè far lieta,
vincer potero dentro a me l'ardore
ch'io ebbi a divenir del mondo esperto;

e misi me per l'alto mare aperto
sol con un legno e con quella compagna
picciola da la qual non fui diserto.
L'un lito e l'altro vidi infin la Spagna,

fin nel Morrocco, e l'isola d'i Sardi,
e l'altre che quel mare intorno bagna.
Io e compagni eravam vecchi e tardi
quando venimmo a quella foce stretta

dov'Ercule segnò li suoi riguardi
acciò che l'uom più oltre non si metta,
per l'alto proibir di quel padre che vole
lo remagner de l'uom stolto e sanza valore

ché l'ignoranza dei credenti e lo potere suo
son già ormai da secoli certo nell'equilibrio perfetto.
Ma io non fui amante del mistero come li altri,
io voleo veder che fosse e se possibile anche superarmi:

da la man destra mi lasciai Sibilia,
da l'altra già m'avea lasciata Setta.
"O fratelli - dissi - che per cento mila
perigli siete giunti a l'occidente,

a questa tanto picciola vigilia
d'i nostri sensi ch'è del rimanente
non vogliate negar l'esperïenza,
di retro al sol, del mondo sanza gente.

Considerate la vostra semenza:
fatti non foste a viver come bruti,
ma per seguir virtute e canoscenza."
E io fui uom seguace di virtute e canoscenza certo.

Li miei compagni fec'io sì aguti,
con questa orazion lieve, al cammino,
che a pena poscia li avrei ritenuti;
e volta nostra poppa nel mattino,

de' remi facemmo ali al folle volo,
sempre acquistando dal lato mancino.
Tutte le stelle già de l'altro polo
vedea la notte, e il nostro tanto basso,

che non surgëa fuor del marin suolo.
Cinque volte racceso e tante casso
lo lume era di sotto da la luna,
poi ch'intrati eravam ne l'alto passo,

quando n'apparve una montagna, bruna
per la distanza, e parvemi alta tanto
quanto veduta non avëa alcuna.
Noi ci allegrammo, e tosto tornò in pianto;

ché de la nova terra un turbo nacque
e percosse del legno il primo canto.
Tre volte il fé girar con tutte l'acque;
a la quarta levar la poppa in suso

e la prora ire in giù, com'altrui piacque,
infin che lo mar fu sovra noi richiuso.
Ma lo dolor più grande non fu il morir d'aria
ma il saper di non poter sapere la montagna che fusse.»

«O uomo immenso che non lasciasti mente al fato,
tu che comprendesti l'importanza della scoperta
hai l'attenzione mia massima che mai
uomo ebbe maggiormente ché mai scoprire fu più bello.

Or sei tu libero e puoi vagar per lo regno
e scoprir ciò che lo tuo desiderar vuole
ch'io non fui come lo padre che ti diede
lo poter di scoprir ogn'angolo in una terra rotonda.

Allor tu vai ora e fai mangiar la tua sete
ma prima d'andar sappi che quel che scopristi
sarà la terra che ruberà l'aquila di Roma
e grandi cose lì accadranno ma mai il tuo nome ricorderanno.

Or tu vendicati della dannazione del ricordo
e dai a quel padre la risposta al suo castigo.
Ma se mai dovessi sentirti solo sappi che
l'aquila perduta ancor t'ama.»

La Comedìa
Canto 21

E lasciammo lo grande Ulisse
nel cullarsi tra l'amor della gente che l'ama
consapevole che la sua scoperta non fu vana
anche se la gran gente antica mai vedrà ombra nessuna.

Continuammo la via quando lo pittor che
non ebbe più parlato si voltò e disse:
«Quel fu la grande mente dal versatile ingegno
ch'ebbe delle forme creato varianti.

Io fui sempre lieto di volger a lui lo studio
ch'ebbe riuscito a far del genio
una simulata follia con la bella curiosità
e con la volpigna scaltrezza che gli fu propria.»

Camminammo a lungo sotto le stimate parole
ma non fui io qui a dicerle tutte.
Allor andammo fin quando dinanzi ci trovammo
a una montagna che fu di tutti i regni più alta

«O se quell'alta mente ci avesse seguito
sarebbe sì lieta nel veder di quest'immensità
che la montagna ritenuta da esso più grande
non fu neanche un piede di questa»

Non finito ancor lo carbon di parlare
s'interruppe nel sentir la terra tremare.
L'alto monte allor iniziò a girare e con le mani
ci portò inanzi a li occhi per parlare

«Chi fosse l'alta montagna?» chiese il pittore.
E io mentre ancora viaggiavamo per arrivar
all'altezza del capo e poter a lei parlare:
«Tifeo fu chiamato da quel padre che non l'ebbe generato.

Fu voluto dalla madre Terra quando quel padre
uccise i figliuoli suoi, ed ella si rivolse a quella moglie
ch'ebbe parlato con il grande vecchio spodestato
e il figlio fu voluto per triplice vendetta e non amore.

Quel vecchio infatti non ebbe donna,
ma solo si diede al felice complesso
e a inondar s'è trovato d'uova della sua potenza
che schiusesi generarono la paura dell'alati»

Finito al disegnatore di presentare l'alto monte
ci ritrovammo dinanzi ad una faccia d'asino
ch'ancor prima di veder chi fossimo eruttò:
«Chi fu a camminar ai miei piedi?»

E mentre urlava due ali da pipistrello agitava
che facevan vento ai cento serpi ch'eran sulla schiena
ch'invece di far sibilo, or come cani latravano
or la ruggente voce del leone dimanavano.

«Ancor non ebbi rispuosta.
Chi osa disturbar lo mostro che con le mani acchiappa le stelle
e con il passo riesce nell'andar a Troia da Ebea?»
E le gambe ch'eran due draghi attorcigliati

iniziaron a cacciar lo fumo dalle teste
che facean capolino da dietro l'anche.
«Abbassa lo capo e richiedi con li occhi la domanda»
gridai io lui che infastidito mosse il volto.

Il suo pelo in faccia e in capo, ondeggiava col vento
e da li occhi uscivan lingue di fuoco.
Quando il guardo a me ebbe posato
di sputar massi incandescenti ebbe terminato

«Sei tu quel figlio ch'ebbe il mio stesso nemico.
Sei tu ch'avesti compiuto l'opera mia
ché quella figlia mai osò sfidarti
per amor forse o per odio?»

E io rispuosi quando m'ebbe ricordato quella donna:
«Amor e odio non furon sempre la stessa cosa?»
«Io conobbi bene quel che tu or parli:
era ieri che la fanciulla dai fulgidi sguardi

avea abitudine di mangiar li passanti
eppur io d'amor con lei mi strinsi
ed essa incinse, e a luce die'
figli miei dall'animo invitto:

tanti di loro mi furon uccisi, da quel padre
per la mano del figlio creduto superiore alla fatica
e mandato a uccidere altri per espiare l'altrui morte,
e uno penso lo incontrasti nel tuo cammino

e di come lo trattasti ti ringrazio»
«Sai, Tifone fortissimo, ricordo ancor il giorno.
Ricordo come ti guardai ammirando l'opera tua fatale:
li anni son passati e non avevi il bianco pelo ch'affatica.

Avevi cento gagliarde mani, disposte ad ogn'opera,
e cento infaticabili piedi di Nume gagliardo e di serpe,
avevi cento capi d'orribile drago,
e vibravi cento livide lingue da tutte le orribili teste,

sotto le sopracciglia di fuoco brillavano gli occhi,
ardevan fiamme, quando guardavi, da tutte le teste ch'avevan
tutte quante favella alle orribili bocche che
voci emettevan meravigliose, di tutte le specie.

Parlavan sì da intenderle i Numi.
Muggiti alti mandavan poi di tauro, d'immenso vigore,
di fiera voce; poi di leone dall'animo crudo;
poscia sembravan guaiti di cuccioli, e a udirli stupivi:

eran boati poi, n'echeggiavano l'Alpi sublimi.
E ricordo quel dì stesso che compisti l'impresa fatale
che t'avrebbe dato impero sugli uomini tutti e sui Numi,
senza l'accorto consiglio del padre degli uomini e dei Numi.

Emettesti un tuono secco, terribile,
e intorno la Terra diede un orrendo rimbombo,
e il Cielo che immenso sovrasta,
e il Ponto, e le fluenti d'Oceano, e gli abissi terrestri,

e il grande Olimpo; tutto tremò sotto i piedi immortali.
Die' gemiti lunghi la Terra, ed un incendio flagrò sul mar di viola,
che acceso fu dal baleno insieme, dal tuono, dall'orrido fuoco,
da folgori abbaglianti, da venti, da fiammee procelle.

Ed estuava tutta la Terra, col Cielo e col Mare,
e furïavano in giro su tutta la spiaggia i gran flutti,
sotto la spinta dei Numi, tutto era un tremuoto infinito.
Ade tremò, che impera sui morti distrutti,

i Titani che sono intorno a Crono tremaron nel Tartaro,
quando la tremenda zuffa scoppiò, quel fragore incessante.
E quel padre, poi che armò l'ira sua, poi che l'armi ebbe prese,
il tuono col baleno, col folgore fumido ardente,

con un gran lancio, un colpo scagliò dall'Olimpo;
e rimembro le teste ch'andaron tutte in fiamme
e piombasti giù, mutilato. E die' gemiti lunghi la Terra
che già il tuo coraggio avea mancato.»

Sentito il suo nome narrato ebbe allor
una pace che mai avea provato e forse tornò
dall'amata che non so se l'avea aspettato ma sperai
di vederlo andare dal figlio che volea aver abbracciato.

Ma ovunque sia andato noi perdemmo il guardo
e restammo soli che dalla mano ci fu l'impatto
ma non fu dolore per la penna veloce
di quel pittore che i piè c'ebbe salvato.

E ringraziatolo d'averli salvati
ancor dovetti presto usarli:
guardatomi con cenno amichevole
levò la veloce costruzione e seguimmo.

Canto 22

155

Il passo andava innanzi senza guai
e quasi cadde il mutare tra noi
quand'ecco che da lontano
al nostro udire si fece chiaro:

«Vieni, celebre caduto, grande
gloria dei cieli e delle terre,
e ferma il passo, perché di noi
tre possa tu udire il canto.

Niuno è mai venuto di qui con lo
sicuro passo senza ascoltare con
la nostra bocca il suon di miele».
Al veder lo pittor ammaliato già fermai:

«Cetra, canto e aulo sono i doni del padre
ma in questo regno non ucciderete
chi vuol sapere più del proprio
e mai ospite avrete al banchetto.

Inutile continuar ne lo canto della dolce
voce dolorosa, non colpirete
alcun cuore con le note scagliate
da quel vostro grand'arco.

Voi, piumate vergini.
Voi Sirene, denudo dall'incanto.
Al mio conoscere venite,
col libico flauto o con le cetre:

siano per i miei tristi lutti,
consone lacrime,
pianti per pianti, musiche per musiche:
ai gemiti consoni complessi

Persefone mi mandi,
voci di morte, e da me con le lacrime
s'abbia una pena nel regno di tenebra,
omaggio per i defunti su cui sedete.»

E al mio finire spariron le belle figure
dal volto di vergine e comparvero
i mostri reali del padre ch'ebbero
l'orribile volto e le cosce d'uccelli

ch'adagiate su un prato giacevano
intorno a un mucchio d'osse
d'uomini putridi con l'aggrinza pelle
ch'ebbero solo voglia di conoscenza.

E finito doveva essere il tempo
dell'uomini grandi che per genio
giacevano stranieri su spiaggia straniera
e senza onori funebri avevano tomba misera

che consumata da l'onde
cancellava anche il ricordo dei loro nomi
ch'ognuno dovrebbe aver inciso
per memoria del passaggio nel mondo.

Premiato e non castigato dovrebbe essere
chi anche con l'improvvisata imbarcazione,
fatta senz'arte, pover'uomo,
costruita con le stesse sue mani

del legno assicurato al centro con chiodi
ch'ancor pungono, intende andare
per scoprire lo mundo
e l'infinito sapere.

Provaron a continuare il canto e
mai più nota usciva dai dannati strumenti:
«Voi ch'avete privato grandi uomini della gioia
del ritorno, consumandoli nello struggimento.

Voi a cui anche gli eroi caddero,
per le voci soavi come gigli,
mentre già stavano per gettare
gli ormeggi sulla spiaggia.

Farò risuonare le note allegre
d'una canzone dal ritmo veloce,
ogni volta che ci riproverete
affinché il suono della mia musica

rimbombi nell'orecchie di chi sente.
Le note mie vinceranno la voce mostruosa:
e insieme all'onde sospingerò il passo,
e il vostro canto diverrà suono indistinto;

fin quando, se non v'ucciderete,
proverete la morte dal cibo,
ch'ancor più vi merita, voi ch'aveste
più volte lo stomaco rigonfio»

Tolta loro la potenza del cantare
non sentimmo mai parola ch'infatti
loro per natura non poteron parlare
senza muovere il dolce musicare.

«Voi da dove vengono piume e zampe d'uccelli,
non rimanete con quel padre
che più volte vi ha condannato
a sedere sul putrefatto mucchio d'ossa.

Tornate libere ad aver volto di vergini,
tornate nel numero delle compagne
di quella fanciulla che coglieva
quei fiori primaverili che la rapirono.

Andate, e cercatela per il mondo.
Non fate sentire al mare la vostra pena
e non pensate di potervi fermare
su quell'onde col remeggio dell'ali - le vidi piangere

e continuai - ma ché il vostro canto, nato a blandire
le orecchie, è l'essere vostro, e il tesoro
della vostra bocca ha il dono della lingua,
vi rendo il fanciullesco volto e l'umana voce.»

E preso il prezioso dono mi dedicaron
canzone superba a cui abbandonai i sensi,
sempr'attento al possibile inganno che non giunse,
e mi ringraziarono prima ch'andarono.

Al vederle scomparire il carbone,
ancora ammaliato dal canto, chiese:
«Perché l'uomo non resiste a quel notare?»
E io che sorrisolo iniziai ad andare:

«Quel che fanno non è canto ma promessa.
Se fermerai presso di loro tornerai dov'eri
sapendo più cose e loro lo sanno.
Gli uomini a loro giunti

non restano per la dolcezza del canto
quanto per la conoscenza dell'andato.
Il desiderio del sapere porta chi si sono fermati
a dimenticare gli affetti familiari, a trascurare

ciò ch'ha a che fare con la vita,
fino a lasciarsi morire:
l'umano occhio non vede che, tra i fiori,
affioran l'ossa e le membra imputridite.

Il bel canto era l'involucro
del castigo del padre che così
poteva scoprire l'uomo che mirava
alla sua tanto difesa onniscienza.

La Comedìa
Canto 23

161

E continuammo lo passo
con ancora il notare dolce
ch'andava al gentil piede
per compagnare lo suon di terra

ma presto lo canto divenne ira
e allungammo lo passo
per rendere del pensiero più chiaro guardo
ch'ancor non capimmo.

Aguzzai gli occhi dell'ascolto
e di lontano giungeva quello sgarbo:
«Due fratelli perduti nello giorno medesimo,
incrocio di ferite, e noi due sole.

Qualcosa t'abbuia:
un'idea, traspare.
Eccola che osasti dirla in voce.
Che modo di pensieri è il tuo?

Mi chiedesti l'alleata mano
ma che disgusto: eroismo sbagliato.
Non farò della mano mia l'autrice del colpo
che mi vedrà sanguinare e perire.

Non per codardia o per l'essere vile,
ma la vita è più cara della morte.
Io chiederò ai sepolti che sappiano capire,
abbiamo perso già la disperata coppia

ma ancor c'abbiamo entrambe,
accettalo, con me, per il bene del vivere.
Non imporre la tua scelta alla ragione.
Darai a lui una fossa e poi?

T'allungherai al fianco suo?
Non farti cara ai sepolti più della viva gente.
E quando pensavo scellerata
mente per l'orribile giorno

iniziasti ad urlare, tu che non dovevi parlare
ma covarlo in te nel buio, amante dell'impossibile.
E l'impossibile braccasti, ottusa mente,
ch'allontanasti una sorella dal caldo sangue

per andare da chi ormai avea il gelo
e andarmi contro me già ostile.»
Arrivammo di vicino e lo pittore
fece grida più alte di quelle udite:

«La conobbi! Figlia dell'assassino
del padre e sposo della madre
da cui ebbe la maledetta discendenza.»
E la salutai io:

«La dolce Ismene, là sul limitare.
Pianto di sorella giù le stilla.
Nebbia sulle palpebre l'infuocato viso rabbuia
intride la gota, gioia d'occhi»

«Chi vien di qui a nomarmi?
Come s'ancor qualcuno mi ricordi,
io che tenni alla vita più ch'alla morte
non venni compresa dal falso cuore umano.

Io volevo la felice vita tra i vivi
ma mi trovai a partecipare all'accusa
ch'io non ebbi paura ad andar con la mia cara
per la rotta della pena ch'ebbe scelto.

Ma quella ch'amavo mi annullò non volendo
che l'appartenessi solo a compiuti fatti,
non capendo l'importanza di ciò che chiedevo
dato che i morti ormai son morti.

Non volle spartire la morte
e io non divenni padrona di cose che scostai
ma ebbi sentito la vita lasciarmi
l'unica parte di famiglia rimastami.

Antigone mi ha spezzato:
il suo io da tanto era nella morte
e lei confortava i morti»
E, finito, cadde al pianto.

Allor mi mossi e l'andai in contra,
'bracciandola per l'incompresa storia
e l'alto nome macchiato dalla falsa storia:
«Anima incompresa e bella donna

hai dato e continui a dare la vita per la sorella
ma capisti di non doverla cedere per dei morti.
I morti son morti, non puoi rischiar la vita
per dare una fossa a chi ormai è nulla.

Or liberati dall'eterno tormento
e resta in pace con la ragione
che volle indicarti il giusto
per il mantenimento del battito

anche s'hai avuto vita già morta
per il privarsi dell'anima gemella
ne capisti l'importanza e tu,
più di tutti, volevi morire.

Ché sempre questa è il punire
per chi vol morire e infin fa per sua mano:
son sempre loro a voler l'etterna vita.
Sarebbe bello l'aprir de lo guardo sapendo

che alla nuova alba ancor l'aprirai
eppure mai lo saprai e continuerai
il privato sonno per la mano fermata
che più volte dovrai fermare per la vita amata.

Vieni qui e vaga senza più patire
ch'ormai la morte è un ricordo fori mano,
vien qui in questo regno
e vivi la sicurezza dell'etterno.»

E lei a me: «So cos'offri,
ma non è davvero quel che volevo.
Desideravo restar in su lo mundo
con lo corpo ch'avevo e l'umano tatto.

È quella l'immortalità che sempre guardavo:
lo veder de l'umana gente evolversi
e il rimaner, anima vecchia, a vagar da sola
per quei prati sapendo di viver per sempre.

A ringraziar ti debbo per lo tuo proporre generoso
ma a rifiutare son costretta
che più vita non voglio in altro mondo
se non in quello in cui sempre l'ho voluta.»

Sorpresomi con bocca che fece sì largo cerchio:
«Insentite parole ascoltai questo giorno
che mai compresi il volere d'alcuni
ma or ti prometto la ricerca del tuo sogno

che mai abbandonerò fino al raggiungersi del fatto
sperando che in uno giorno tu
possa essere da me svegliata e poi mandata
ne l'umano mondo da donna immortale.

Prendi questo come un alto giuramento
e ricordami quando tornerai in quella terra
ch'io mai volli darti ciò che non vuoi»
E mi ritrovai da braccia avvinghiato.

E pensicroso con nuovi domandarsi
iniziai a muover lo passo
seguito dal pittore ch'ancor
non credeva all'udito.

Canto 24

167

E andamm'innanzi, e se v'era
il bianco fosco ch'impediva la vista,
ora v'è il nero buio senza punti e lune
che chiudeva li occhi anche s'aperti.

A camminar non v'era modo
ch'io feci per dir a lo pittor
di metter mano s'un lume
quando mi bloccai per un chiasso:

era lo pittor caduto su d'un sasso
e di terra con lo toccar de' palmi
sente e dice: «Qui lo piede ha fare ostile
ch'infatti non v'è terra ma strani rocci»

e quando ancor avea da capire
m'accosta'io e vidi l'aguzzo d'uno scoglio
che di poco compresi mancava
o passammo a grande mare che lacerava.

Quando la mano tirai per lo cadere
ecco ch'allor chiesi dello vedere
e il carbone che già avea iniziato
venne all'improvviso del tratto bloccato.

V'era veloce un alato fanciullo dormiente
dai movimenti impossibili per lo scuro vedere
e ci girava intorno come a studiarci.
Al gelo dell'aria vidi i suoi disegni chiarirsi:

«Tu fosti quell'uomo che mi liberò
dalla lenta programmata prigione
del padre offeso per la verità.»
La vista ancor non s'era illuminata

ma diverso il genio:
«Compagno, tu che dovevi andare
da chi non avea paura di condannare
un padre rubator d'una figlia.

Tu dal padre fosti tradito
ché vino ebbe versato
e cadesti attonito per il visitar del fratello
ch'altro non potea visto il tuo puzzo.

Quando fosti prigioniero
si videro gli equilibri spezzarsi
e collassaron le forze del mondo
ch'in Terra v'erano solo nati.

Ricordo ancora i miei lamenti per il dolore tuo,
soffrivo con te, compagno,
ch'ancor non rassegnavi le tue spoglie
a quel posto che t'ebbe privato.

Ordinai a quel caro amico ch'ancor non vedo
di liberarti dal peso delle catene
ma mai seppi dove ti rifugiasti
ed eccoti nell'unico dei rifugi belli.»

E quello, che mai da quando
ebbe vita dalla notte vide luce,
accese la torcia, che da sempre recava
con la mano, spenta e rovesciata.

Non facemmo per iniziare il fiato
che già con un carbone volato:
«Tu c'hai il cuore di ferraglia
e nascesti senza capacità di pietate e compassione.

Tu ch'avesti la casa nella torbida Notte con quel fratello
ch'ogni giorno vince contro dei e uomini
ma mai quanto la tua vittoria decisiva
ch'ancor serpeggia tra Olimpo e Colosseo.

Tu che fosti il più terribile dei Numi
e mai non ti mira lo scintillante Sole coi raggi
né quand'egli ascende il ciel
né quando giù dal ciel discende.

A te che di bronzo implacabile in petto l'alma siede
ch'al ghermito d'una volta del mortale
più non lasci presa sicura.
Tu che detesti sin gl'immortali.

Or dimmi perché ancora guardasti
come guarda chi è buono?
Che forse tu creda d'aver perdono?
Piaga peggiore delle piaghe mai ti vedo.»

E toccai lo braccio e allungai parola:
«Parlasti abbastanza; non negare l'ascolto
solo per nome già conosciuto ma prima di pensar
ragiona con occhi e orecchie e non coi lontani detti.»

«Son tutto ciò che dici.
Ma non v'è in me turbamento né violenza,
io nacqui lontano dalla sorella Chera
che già abbandonai dai primi passi.

Io non fui turbine implacabile
ma scappatoia percorribile.
Non v'è in me uomo che passa
contra la mano sua che comanda.

Il padre diede agli uomini vita penosa
ma quand'ello li invitò nella sua reggia
andai con lui ad assicurar gli uomini che,
al veder gli interni laceri e rovinosi

e i figli d'ello a perseguitarli e tormentarli,
accorsero presto a ringraziare
la porta ch'ebbi offerto d'uscita
ch'era l'unica dal padre non serrata.»

«Ma il padre è meschino, compagno,
e diede proprio a chi volevi salvare
il potere di poterti ammazzare
e più volte nei millenni ti vedesti morto.

O Tanato, non avesti tempo d'esplorar il poema umano,
credevi che non fosse tua cura né interesse.
E quelli capirono ch'avevi potere sull'argilla umana
ma non sul genio dell'umano operare.

O Tanato, ti hanno sconfitto tutte le arti.
Ti hanno sconfitto i canti della Mesopotamia,
l'obelisco dell'Egizio, le tombe dei Faraoni,
le incisioni sulla pietra di un tempio ti hanno sconfitto,

hanno vinto, ed è sfuggita ai tuoi tranelli l'eternità.
È da allora forse che il padre ti spezzò
per la sconfitta recata da chi amavi più fortemente,
e allora ne facesti di loro e di te ciò che volevi.

E ora spezza il cuore allo vederti
al smarrito andare, senza via, solo,
ché credesti d'aver trovato vita da salvare
e quella vita t'uccise al tempo di ringraziare.»

Al piangere dell'alto pittore,
per le parole che disse senz'ascoltare,
con li occhi colmi di rabbia per il mancar di pensare,
s'ebbe scusato dal cuore ancor prima di parlare;

e Tanato, che mai uomo più sensibile incontrai,
prese a muovere il passo dal suo carnefice
e alzato l'alta luce della torcia mai accesa
gliela pose tra le mani dicendo:

«Ti perdono dal tuo pianto, caro amico,
accetta il mio dono per scusarmi d'esto lagrimar:
porta con te la rovesciata luce
e quand'avrai bisogno della fuga dal tristo andar

volgila verso il cielo e illumina la notte,
sarà allora che verrò a salvarti.
E se vorrai uccidermi con l'arte tua fallo,
non nego un ricordo immortale del mortale dolore.»

E finito di parlare la torcia si spense
e il gelido alone che circondava l'aria
venne trasformato dal lunare bagliore
che tornò a schiarirci la vecchiaia dei capelli.

Canto 25

175

Or ch'andai passando per altro canto
come l'aquila che sorvolando in cerca
d'amor simile e forse alti ali
vede i pesci saltar fuori dell'acqua

vid'io quell'uom di cui mai conobbi storia
eppur tanto felice segn'ancor gli anni
della mia vita più belli e introvabili.
Allor m'avvicinai seppur col timor d'una volta.

Quell'uom nonostante il mio gran vivere lungo
era l'unico che per vero mi facea ancor
i polsi tremare e l'ossigeno mancare
in ricordo del fanciullesco cuore rapido.

Non parlai, forse mi mancava il fiato,
o forse volevo del momento farne piacere
e allora il pittore che dietro già capiva
mi venne silenzioso con passo anche suo pavoroso

e al mio vicinarmi lo vidi in guardo
e parole usciron come se non mi calmo:
«Son di ripasso a la porta tua tormentosa
ch'insieme apre il baule dei ricordi

socchiuso dal tiranno tempo
ch'intanto m'avea fatto sfuggire
le piaghe belle d'un tempo fatale
che mi portò al pianto, eppur ripasso e or che guardo

quei muri appesi che un tempo arretravo,
e ora non mi fanno arretrare meno per timore,
d'un ricordo che però ancora fa scendere
quella lacrima felice che cade su d'un mattone che vide

quel che del mio cervello fu eterno amore
e la sapienza ora lo manifesta
che il pianto ancora la memoria non
si desta»

E lui col pianto:
«Le sollecitudini che mi mostri son sì grandi
ma grande è anche il dolore ché tu vedesti
la casa mia ma non ascoltasti mai il mio nome»

Allora io, che già tremavo come solo un
timore d'un giovane può lasciare ansia nell'animo,
non rispuosi cosciente della colpa ch'avevo
in quegli anni conosciuto casa e non persona;

ma in soccorso mi venne quel fratello
e amico unico che a calmar mi ebbe:
«Non sentimmo il tuo nome e di questo piangiamo
eppur fu la tua una casa meravigliosa,

e ora sii pur tu come la dimore che vide
di questo giovine e anche della mia mano
ch'ancor andava disegnando con la
parvenza della porcellanea pelle; narraci del cuore tuo»

«Son figlio d'un fiore che non veniva
dal nobil prato seppur nobile era il suo fiato.
- fece lui ancor tremante per l'invito
che forse mai in vita gli fu dato -

«Vengo di lì, d'un borgo dei stessi monti
di quel che guarda al tuo fianco,
che non ebbe, come il suo, i degni stimoli
d'una bella mente e allor mi vide partire.

E andai nella città che la morte si gira
per la pietà ch'ancor non la visitasti
e che tutto è azzurro finanche i dolori
che tacciono innanzi all'alti gioie dei criaturi.

E quella mi vide del corpo studioso
e poi dai discenti stimato
ma anche da altri tormentato
e per la mala politica cacciato.

Abbandonai quell'amata terra
e fui codardo nel farlo ma
il cuore spezzato è meglio
d'un cuore impompato.

In un esilio ligure m'ero rifugiato
eppur pendeva ancora su di me
quella lama che il capo volea tagliato,
ma non fu per sempre.

E casa m'ebbe ritrovato e abbracciato,
che il braccio fu così forte
co anche la gioia del tornare,
che fui battuto d'un colpo che mi fu fatale.

La casa che visitasti non la ebbi
in quella città d'amore ma in un'altra
che vicino mi vide i natali e si costruì
all'octo della mia scomparsa

dall'illuminato ch'era di quella destra
di cui tanto si diceva che diede
al suo popolo l'alta educazione che mancava
o meglio già ci stava ma era in mano

a quei maestri che furon studiosi solo di tuo padre
e mai videro la scienza com'io la vidi e allor
ricordo ancora le parole di quel Lorenzo che diede
la casa mia per il bene della studiosa gioventù

e questa ch'a differenza dei bianchi
già chiedeva scienza e virtù ebbero
un posto onde l'animo apprende
l'essere utile e onesto e le grandi virtù.

E non passaron anni a quando
promisero in casa mia d'aver
la principal cura nelle pagine solenni
di Cesare e quelle patetiche di Virgilio

i cui contenuti svolgono e affinano
le virtuti dell'intelletto e del cuore;
e dove il classico parlare sviluppava l'arte del dire
e la storia comunicava il patrimonio delle idee

che videro non esser studi
per sterili campi dell'avidità giovanile
affinché il giovine di breve si adusi
a vedere nella storia non il capriccio del caso

ma lo svolgimento logico d'una necessaria idea.
E essendo l'insegnamento in quella casa
nel sommo grado istruttivo ed educativo
fu cura di ch'insegna informar la giovine mente

in guisa d'ispirar ammirazione alla virtù,
disprezzo e aborrimento per la colpa.
E l'insegnamento della storia fece loro rilevare
sempre più l'elevatezza del luogo

che fu ed è tempio augusto della sapienza;
con la speranza che questo, la mia casa,
abbia e mai cessa nella formazione
di grandezza e gloria della passione.

E fu proprio questo il forte del mio nome
per cui la mia casa poté gloriarsi di possedere
una schiera d'uomini tali che ciascheduno d'essi
sarebbe sufficiente ad illustrar un'intiera nazione

e più volte potei mostrare com'essa avesse in sé
cosa di proprio speciale per cui
l'è dato per sempre di grandeggiare
emergendo dalla schiera volgare.»

E al suo finir de lo dire ebbe la sua voce cessato
e il corpo svanito e di lui rimpiazzato
da un colonnato ch'ancor s'erigeva
del bianco marmoreo che la neve rodeva.

Fu lei, esattamente come la ricordavo,
quella casa che dell'uom ormai presentato
rimase solo un nome e due lettere
ch'ancor non s'ebbe firmato

Canto 26

Passato il sentito fanciullare,
il tristo e lascito ricordare del bel tempio,
proseguimmo il passo in largo silenzio
come se movemmo al voler del vento.

Quando guardai il mio compagno
e amico e altissimo disegnatore e fratello
pensai per lui dolci parole
che però non dissi ma ebbi udito d'altri.

Allor mi girai al sentir delle parole
che mai furon dette eppur pensate
per capir chi ebbe forza di lingua
nell'usar alte virtute a me arrivate;

li vide forse prima il pittore
che veloce colse la mia attenzione
allarmato di chi v'era nascosto
in un posto ombroso e tetro.

«Non aver paura di noi anima vecchia.
Non siam qui per rendere i battiti rapidi
ché già perdemmo quelli lievi
in quel tristo giorno che ci divise».

E allora rassicurando lo spaventato iniziai:
«Vi riconobbi dal parlare e da quel che v'è,
tu che fosti dei cavalli dominante
e l'altro abile con la forza del pugno,

voi che da sempre proteggete
dall'onde terribili irate del fratello del padre
e uccideste di quello il figlio
senza mai scusarvi col potere del mare,

voi di cui avete in vocazione l'arte
della poesia e musica e danza,
voi ch'avete mosso uomini contr'Attica
per il salvare del sangue vostro d'eterno femminino,

voi che foste principi di quella terra
la cui storia a rimanere rimase
impressionata dal suo mito e dalla leggendaria aura
ch'ebbe creato l'eterno miraggio spartano,

voi che foste tra gli eroi ch'ebbero
posto riservato sulla splendente Argo
e nel viaggiare a Colchide cercaste
il prezioso Vello e il cinghiale ch'ebbe fama;

voi che foste divisi...»
E Castore, con l'ali ancora sanguinanti,
pronte alla morte, mi ferma in pianto e
guarda l'altro: «Fratello mio,

il mondo delle ombre non vuol più attendere,
mi richiama per le ferite mortali
ma tu ch'avrai vita eterna non renderla inutile.
Se crescerai portando con te la sensibilità dell'uomo

e la custodirai nonostante tutti gli attacchi
che riceverai e quando cadrai, contorcendoti
dal dolore che il mondo urla
con le sue lacrime che sgorgano attraverso la tua essenza,

non l'abbandonerai, concedendoti la pace dalle sofferenze,
ma anzi l'abbraccerai e stringerai quel mondo piangente
assicurandolo che tutto passerà.
Se quando sarai adulto concederai alla fanciullezza

di farti sognare e non avrai paura di una nera sedia che dinanzi
alla polverosa scrivania diventa la fortezza d'una
principessa che ti preoccuperai di salvare
dal mostro della serietà.

Se crescendo ti chiederai il motivo d'ogni cosa
e non ti accontenterai né della risposta falsa né di quella vera,
ma spenderai tutto il tuo crescere nella ricerca
per imparare a rispondere da solo alle tue domande

e quando lo avrai imparato e avrai capito di chi poterti fidare
non cesserai di farlo, ma anzi diffiderai anche di chi non lo merita
perché sarai consapevole che nessuno può compiere
una ricerca accurata come la tua.

Se da bambino guardi i grandi adulti come fonte d'ispirazione
e ti concedi la convinzione di poterli superare senza però sperare
di farlo contro il tempo ma anzi godendoti il tuo sbocciare
consapevole che una volta compiuto sarà un continuo appassire.

Se nella vecchiaia riuscirai a guardarti le spalle con la
sicurezza di chi è stato tutto quello che gli altri sono
ma dubbioso che gli altri possano diventare tutto quello che tu sei.
Se guarderai la vita seduto sul trono della ragione ma non smetterai

di domandarti i fanciulleschi perché, e mai darai un libro alle polveri.
Se ti affaccerai dalla vetta della montagna e non disprezzerai
chi è alla base prima di parlarci, e se, nonostante l'impossibilità
di continuare la scalata, tu ti impegnerai a provarci.

Se imparerai ad ascoltare le canzoni del vento,
a rispettare il silenzio della neve, ad ammirare con timido
timore la potenza del sole, a lasciarti proteggere dalla morbida
luce della luna, a difendere il debole scintillio delle stelle

e a lasciarti impregnare dalla poesia della pioggia solitaria.
Se saprai accarezzare il lupo affamato e rispettare la debolezza della
formica spaventata, senza però né essere pietoso verso la cattiveria
della natura né essere spaventato dalla sua brutalità, ma convinto

della sua maternità ti comporterai con i suoi figli come fratelli.
Se riuscirai a parlare con le fate e con tutto il regno magico ogni
giorno della tua vita senza mai sentirti stupido e
senza mai fare affievolire la grande luce dello stupore infantile.

Se sarai tu stesso anche davanti a chi ti deriderà
e parlerai con lo specchio ogni volta che ne avrai bisogno
anche a costo di far allontanare da te la persona che reputi più cara.
Se riuscirai a comprendere che vali più d'ogni altra cosa

e mai ti sentirai soggiogato o doveroso nei confronti d'altri
e mai lascerai la tua felicità per la felicità di chi ami
perché sarai consapevole che l'amore è forte quanto falso
e con la seconda consapevolezza non perderai nessuna battaglia.

Se resterai attento al nemico ma mai quanto
resterai attento al migliore degli amici
e se imparerai la lealtà ma non per questo la seguirai
con gli occhi sbarrati perdendo la ragione.

Se sorriderai al bambino che gioca con la sua ombra
e giocherai insieme a lui.
Se difenderai il cane bastonato e sentirai le tue ossa rompersi
sorridendo per averlo protetto.

Se rispetterai l'intelletto e la natura ponendo attenzione
a te stesso e a tutto ciò che per te è figlio della natura
incurante della massa che cercherà di
distoglierti dalla magia della polvere di stelle.

Se per nessuno mai smetterai di sognare.
Sarai Uomo, fratello mio,
e nessuna barriera potrà impedirti
di proseguire nel cammino

e neanche il cielo infinito ti porrà limiti e se ti sentirai intrappolato
dalla vetta della grande montagna e non saprai continuare la salita:
lanciati, e volerai verso l'eterno infinito;
e il sole si spegnerà pur di non bruciarti.»

E al finir delle parole l'oscuro l'avvolse
con l'iniziar dello sbattere de li belli occhi
quando il fratello Polluce, l'immortale,
mi corse in dosso e abbracciatomi sussurrò l'indicibile

non potei non fare quanto chiestomi
e così l'immortale perse il dono
e condivise il destino del fratello mortale
rinunciando ad ogni ascesa in luoghi divini.

Ma quand'ecco che le grinfie del buio
stavano per trascinarli in altro loco
li fermai e nel regno tuonò il «No!»
ch'io presto urlai e salvai.

«L'amore che v'unisce è tant'immenso
finanche a fermar la morte ch'arretra e tace.
E questo è giusto non solo a salvarvi
m'anche a ricordarvi nell'etterno venire

e la vostra immagine verrà venerata in eterno
dai poeti che sollevando il guardo si perderanno
nella vostra unione ch'ora e per sempre
verrà ricordata come costellazione dei Gemelli.»

E allora scapparono dal buio della terra
e volarono nel cielo illuminato dall'altre stelle
e guardandole solitarie si sorrisero
e i fratelli s'abbracciarono nell'eterno abbraccio.

Canto 27

Avanzammo al passo col pittor
ch'ancor volgeva lo guardo
a quel baglior e quella forza del vero amor
che mai si vedrà fuori da quelle stelle.

Col lento andar via del lumicino
vedemmo assalirci ancor d'un cielo vuoto
che a tratti parea disegnato
come se il carbon avesse finito mine

e a guardarmi co spallucc'elevate sussurrò:
«Non ancora fu'io a porre mano
in questo loco che par già essere disegnato»
e di risposta arrivò d'assalto:

«E allora muovi la mano e cambia,
questo è un disegno che da lungo divampa
e io fui omo sciocco che lasciai fiducia viva
nella matita ch'ancor giammai toccai».

Era un uomo del padre che avea preso fiato,
che de l'ali ne era notte
ma ancor eran ben salde
«Chi tu foste che giri con l'ali spiegate?»

«Quest'ali ch'ancor restano
son solo per ricordo d'una storia,
che mai debba ripetersi in me o in loro,
che mi costrinse alla caduta della mente.

Ma non fui sempre quel che fui nel buio periodo,
è il falso amor femmineo che mi vide cambiare
e dal padre andare per uso dell'arma sua
più potente contro i soli deboli uomini».

«Sei tu forse quell'uomo di cui s'ebbe
grande oltraggio al genio co la lezione
che potea esser ancor salvezza umana
ma che divenne presto indottrina al padre?»

«Io fui chi dici e or ne piango e soffro.
Fui colui ch'ebbe trasformato il bel fil d'Arianna
in quel che conduce al volere del padre
recidendo così dall'umano piegare.

Fui quello ch'ebbe fatto l'Odissea cristiana,
e quello che dopo che l'ebbe avuta
si disse di cercar la vita ormai perduta
e poi ritrovata in mani d'altri

ch'ormai arrugginita l'aveano
giunta in un loco dov'io mai avrei passato
eppur col passo lì mi ritrovai
e allor ragionai del potere del filo vitale

che troppo ingenumente aveo concesso e dato.
Come il bambin che non si fa pena
eppur va e dice del bugiardo che l'avea ingannato,
così io guardo l'umana gente e condanno l'elaborato.»

«Tu che trovasti il filo dove neppure
sognasti d'averlo poggiato e lasciato,
son lieto del tuo rendimento colposo
ma ciò che facesti all'umano genio fu serio

ché il tuo inchiostro fu grande
e la lezione imponente ma
ciò che rendesti centrale e morale
fu di sol cosa falsa ed errata.»

«Penso a questo e me ne dolgo.
Quel che mi prese fu la paura
d'ogne responsabilità umana e mortale
e per ella diedi ad altri il filo della vita

che pensavo fosse librarsi dal responsabile peso
ma non vidi ch'era anche lasciar l'io
e insieme a esso del genio futuro
e di quel che li occhi miei sognavan da ciechi.

La debolezza dell'uom che fui s'estese
e la donna che m'accarezzava il letto
ancor non si fece mia colonna anzi
mi prese e stese che volontà non si tacque,

e al mio crollare s'ebbe quel che s'ha avuto
fin quando al capir dell'errore fu tardi
e a vanificar de li sforzi d'una correzione
decisi di lasciar le piume per punizione.

E or che le guardo ogni volta ricordo
che debbo credere in quel che sono
e in quel che voglio che sol'io posso,
col filo nelle mani, cucir com'io dico.»

«La tua storia è grande ch'io guardo e vedo
l'ancor maggiore sofferenza e colpa
d'un cuore che ricorda e piange
e d'un genio soffocato dal passato».

E il disegnator s'avvicina a me e poi a ello
coll'amor ne li occhi e prese l'abil mano,
che compié l'alte scritture e gesta immense,
e la mise su quel carbon ch'avea

e insieme allor iniziaron a cancellar
il cielo che già ebbe un disegno indosso
e quand'ello fu limpido anche dal lieve nuvolare
il pittor lo lasciò da solo a disegnare.

Mai vidi quell'uom lasciare il carbone
eppur a sentir mi misi l'emozione
nel veder l'altro iniziar a fare
un cielo che non era a esso dovuto

e la mano volava nell'aere ch'andava
e a veder si vedevan i primi sogni
e da i desideri saltaron gli unicorni
e le fate volaron sulla luna

e al raggiunger della massima gioia
lasciò tuffare in terra il carbon
che il pittor lo riprese e lo chiese
ma a chinarsi bastò per non aver

più di canto l'uomo che se ne andò.
Non seppi mai s'avea avuto l'attimo bello
che meritava dopo il dolore dell'autoesiglio
ma lì sapevo che mai avrebbe perdonato

quel dolor che bruciava e mai evaporava;
eppur le fate si misero a toccar le stelle
e forse una lo fece del guardo cambiare
per i granuli di magia che l'ebbero seguito

che mai niuno avea un cuor più pentito
e un genio più arguto, e l'immaginazione
lasciò quel posto colmato dall'immenso.
E del sommo prosator ne furon castelli di fiabe.

Canto 28

197

E fu allora ch'entrammo
invitati dall'alti cancelli co tanto d'istanza
e a girarci parve tutto magico,
desideroso di sogni e fanciulleschi ricordi.

Di giro vi guardammo e v'eran:
scatole parlanti da piccoli fori,
cappelli d'un formato non familiare e
in fondo v'era la pece del lupo che baciava

un candido e nevoso agnellino indifeso.
E mentre noi ci perdemmo nel bel bacio
a sentir entrambi ci sentimmo stretti di mano in mano
con qualcuno ch'ancor non conoscevamo.

Lo pittor come cosa non voluta ma compiuta
levò il palmo dalla stretta e indietreggiò
quasi avvicinandomi per difesa:
«Dammi la mano.

- disse la flebile voce del bambin che guardammo -
A qual cagion tu la togliesti?
Perché tu solo mi lasciasti?
Sai che da soli non si può?

Senza qualcuno, nessuno può diventare un uomo.»
Il carbon amaro per l'azione sua
corse veloce da quel bambino ch'avea ferito
e a dar la mano gli diede e poi parlai:

«Fosti tu quel pargolo e quel principe
che lasciò stare i giochi co li amici
ché l'amici suoi non v'eran più
e andò a batter l'ali del mondo

per volare nel cielo infinito
dove restò per sempre bambino.
Tu che volasti tra sogno e reale
anche se, più volte, cadesti facendoti male

e pur ti rialzasti nel riso e nel pianto
vedendo chi t'era accanto
e di lì trovasti volpi e fiori
ma mai anima d'umana gente.

Tu che capisti per primo l'amara vita
e giocasti alla sua giostra,
e quando gli altri scesero, p'ignoranza
dal giro infinito di quella

rimanendo nell'impossibile risalita,
tu rimanesti in sella col cinturone fissato
e da lì mai ti spostasti ché sapevi
ch'una volta tolto, tutto sarebbe stato chiuso.»

«Che difficili parole.
Perché parli?
Silenzio e ascolta la bellezza che non vedi,
vieni con me e gioisci ch'il parlar rattrista.

Godi di ciò ch'il tuo vecchi'occhio mira
e non veder al ricordo ma a cosa nuova:
ch'ogni cosa è cosa nuova, ch'ogni cosa sorprende.»
«Ma cosa stai farfugliando piccino?»

«Taci carbone, tu che disegni
e prendi ricordi di matita lontani
non godendo del mondo ch'offre spettacoli a colori
ma guardando solo il nero del minar sul bianco.

Mirate! Piove…
Guardate la pioggia
a perder più volte mi persi dentro,
e diventai il rumore d'acqua caduta.»

E d'improvviso vidi arrivar di lontano
l'inverno con il suo freddo tenebroso
e d'ogni singola cosa v'era più lentezza,
ogni muoversi più ozioso e il respirar era affannoso.

L'inverno che rabbrividì l'animo di noi che guardammo
ci distolse dallo stridulino del principe bambino,
e scovammo l'avvisar della fredda bestialità:
l'alberi denudati crollavan dinanzi al gelo,

i ruvidi rami chiedevan pietate al sol che non s'apriva,
e l'animali belli andavan nel buio a nascondersi.
La stessa terra andava a nascondersi
lasciando dietro sé i bei fiori che facean fusa al vento.

«L'inverno non è spaventoso
- a percepir mi misi, quasi di lontano,
perso nei miei pensieri, quel dire del bambino
come s'avea co li occhi guardato nella mente -

fermate l'attenzione sul piovere.»
E allora mi misi nel silenzio a guardarla,
e forse per la prima volta iniziai a sentirla:
lentamente, goccia dopo goccia.

Lo scender era lento.
Sempre più lento.
V'eran vortici nel fango in cui cadeva:
ora si rimpicciolivano, or si ingrandivano.

Poi d'un tratto,
si fermava…
in aria.
Ferma.

Ferma ad aspettare.
Che qualcuno la guardasse?
Che qualcuno la ascoltasse?
Che qualcuno la capisse.

E allor compresi il tristo della pioggia.
Ella piangeva perché niuno mai l'ascolta
e ripensai al mondo umano e in lontananza
vidi l'uomini chiudersi nei giacconi,

colli ombrelli e cappucci,
e nessuno mai nella lunga mia vita
s'era fermato ad ammirarla.
Eppur lei ancor non s'era arresa

e il suo canto continuava a batter forte in terra
ma nel mondo anche le case si chiudevano:
scendevan giù i crudeli persiani per diventar più buie
e i tetti sembravan tapparsi l'orecchi al suon di lei.

Ma lei continuava a scendere
e ignorando il non essere ascoltata e capita
parlava e parlava di tante cose
cose che però gli uomini non capiscono.

Ma quell'indifferenza degli uomini
nonostante l'alto genio della pioggia
non poteva essere infinita ed ella
smise di scendere.

E cadde l'ultimo canto dal cielo.
E l'umani genti gioivan della sua morte,
inconsapevoli d'essersi persi la voce
più bella dell'universo.

«Ora la conosci anche tu.
Sai anche tu ciò che si prova nel vederla.
Quando la sento chiudo il guardo
e allora prendo a sognare:

e sogno d'un fiore, un fiore grande più della luna,
dove i bambini sono tutti là,
con tante stelle e gli arcobaleni,
senza i fucili che son rimasti qua.»

E il pittore tremolante e piangente come mai prima:
«O il tuo guardare… che meraviglia!
Ma che scemare vedi però, e mi vergogno un po'…
ché non so più fare oh.»

E lui lo guardò con i denti perfetti
e datogli la mano si fece stringere in un braccio
fin quando l'alto pittore a guardarlo gli chiese:
«Continua, continua con il tuo dire.

Mai vidi genio più acuto del tuo,
mai vidi anziano più saggio di te;
bambino di pochi anni, dimmi,
te ne supplico, rendimi come te.»

E quello, scosso, mostrò incomprensione
poi girò il capo prima d'un lato poi dall'altro e fece:
«I bambini sono molto indiscreti,
ma hanno tanti segreti… come i poeti.»

E i castelli fiabeschi s'eressero
fin sopra le stelle, toccando forse
il mondo d'una gente che li nega,
e il piccolo principe cadde come albero dolce cade.

Canto 29

Andati dai bei castelli
ritornammo su d'un passo più vero
che più vero di quello fantastico
pot'essere sola storia.

E ci trovammo presto a calpestare
un suolo antico e sanguinoso
ch'ebbe della lupa mutilata
solamente lasciato il flebile ricordo,

eppur in vero v'è quell'aere
d'un tempo che par remoto
di quel popolo ch'ebbe qui i natali
o del luogo ch'ebbe natali nel popolo.

Ora di quella magnificenza e antico splendore
vi son solo storie di libri mai scritti
che forse anche narrano vicende
ch'allor furon sì false e menzognere;

e poca gente ch'ancor respira
guarda e tace i magnifici resti
di quella lupa al rappresentar del branco
che formava mondo conosciuto e conquistato

restando coi peli innalzati
a salutar quel che vi resta
d'imperatori e grandi generali
che mai genta vedrà migliori.

Ma invece molti par non vedere
il vecchio passo ch'avea
prima del tempo della nuova venuta
marciato dov'egli camminano

e questa è gente sanza storia
ch'avra ogni male presente
per non capir la potenza di quel futuro
ch'ancor non s'ebbe realizzato.

Io a dir davvero guardai il pittor
e insieme capimmo ciò ch'intendemmo.
D'ogni passo ripensammo a chi su quei passi
v'era caduto e morto o vinto glorioso

e d'ogni storia piangemmo entrambi,
ché la storia è l'unica fiamma viva
d'un cuore ormai di bufera colpito
ma ch'ancor prende ordini dal cervello non sopito.

Mentre entrambi ci perdemmo
nel tempo che fu, ricordandone
buoni e cattivi passi che pur se due
hanno creato i piedi d'adesso,

quel che colse lo guardo,
ch'ancor pensoso viaggiava nel tempo,
fu la veduta d'una bellissima umana
che coglieva i bei fiori d'un giallo prato.

C'avvicinammo a ella che par
non vedesse o sentisse per quel
che non si mosse nei nostri,
ma quando là arrivammo allor capimmo

e spiegammo lo colore non vero dell'erba:
«Bella fanciulla che tenti a cogliere
il dito della natura più bello e redolente
e che passasti il fior degli anni a farlo.

È la stessa natura a punirti in questo modo spietato?»
Ed ella a me:
«Non v'è punizione se non quella di chi non ha amato
ma visto e toccato.»

«Non mi vien per la mente il tuo dire.
Qual cosa ti porta a far il ripetuto vano fare?»
«Lo faccio a sperar ch'un giorno possa
ritrovarmi ciò che voglio tra le vesta

e non rimanere solamente di sabbia ricoperta.»
«Ma pare che quel giorno non arrivi;
qual scherzo vi stan giocando
per render polvere un così bel fiore?»

«Fu tuo padre a rovinar del fiore i petali
e a infrangere un nettare ancor nascosto
che senza comandare al volere della terra
fu preso e mi fu tolto e ancor io lo cerco.»

E io che rimasi della rabbia invaghito lasciai al pittore
che par di presto aver già capito:
«Dimmi, fosti tu quella bella figliola
che per innocenza e amor d'animali fu rubata?»

«Son io quella che dei fior che volea,
insieme all'amiche, far bel raccolto
si vide su d'un toro che per il mare
andava impazzendo e strepitando

e del prato ch'ebbi avuto
mi ritrovai gettata sul resto delle rocce
ove la sabbia mi lacerava le carni
e un malato mi toglieva del corpo la purezza.

Tentai di scappare appena vidi il mare
e per 'gegno trovai la via per il bosco
dove troppi alberi v'eran intorno
e di certo un toro grosso non potea passare

allor'ecco che ne divenne aquila
che si vide presto nel suo ambiente naturale
e della violenza di cui resistetti
non riuscii più a scappare

e urlai al dolore delle pelli e al tormento del cuore
che tutta la foresta mi poté ascoltare:
e gli alberi che bevettero il mio sangue,
reso nero da quello sporco che mi trovai,

ancor piangono con le foglie
e ancor sentono quell'urla diffondere
quella tristezza immensa ch'io provai
eppur quel vile giammai fermai.»

Io che non seppi davvero di che muover bocca
dinanzi all'animo così violato
col pittor che di collera s'era dato, feci;
senza aprir parola ché parole non curano il passato.

E quella sabbia ributtante che la intornava
divenne verde prato che la solleticava,
e buttatasi in quel che sempre sognava
vide circondarsi dai bei fiori che desiderava.

E i fiori le crebbero in terra e anche il cielo ormai
piangeva petali dall'alto delle nubi
e arrivaron i petti rossi a portar le rose
e i cani ch'avean gl'infanti in groppa che

colle margherite l'andaron a salutare,
e giunsero i leoni ch'alle spalle di lei si misero in protezione
e chiamarono gli elefanti ch'i fiori annaffiarono
e gli scoiattoli ch'il terreno di ghiande inondarono.

E il sole splendette su di lei
e la pioggia le baciò i capelli
e gli arcobaleni le riempirono il cuore
e da lì partirono anche gli unicorni

che, vedutala, il crine abbassarono
e i bambini alla gran festa chiamarono.
E s'incamminò la felicità fatta in corpo
che d'un braccio alla donna tutta si donò.

Di questa storia, a cui sicuro non basta
per non volger più lo guardo nel passato
ciò ch'io potei aver fatto per un sorriso,
debb'esservi prova eterna

e allora, mentr'io col pittor m'incamminai
per lasciar lei in una festa e tentata gioia eterna,
presi la lupa martoriata e quell'impero
nel nome di lei trasformai.

Da quel passo in avante quell'antico mondo
ormai distante doveva ricordarsi ogn'attimo
della donna d'infinita beltate ch'incontrai
e così prese quel bel nome che mai nominai:

Europa.

Canto 30

Lasciammo gli arcobaleni di dietro
e mettemmo il passo verso d'una bufera
ch'avea i suoi rimasugli fin da lontano
e ne sentimmo il tormento quand'entrammo in aria.

Non vi fu silenzio in nessun momento:
v'era un continuo parlare
anche se a muover bocca non v'era nessuno
e le parole eran parole importanti

a cui sia per la portata che per l'altezza
un 'cenno di confusione non poté che arrivare
e fu come se quella gran tempesta di voci
fosse arrivata fin dentro al cervello

e lì vortiginosamente si mise a trapanare.
Più ci apprestavamo a proseguire,
maggiori erano le parole e gli argomenti
quasi come se si volesse scoppiare.

«Quasi vorrei prestar orecchio
a ciò ch'odo e di cui genio par parlare
che son cose sì altezzose che forse
mi ricordano verità mai dette

eppure il dolore è tanto da sopportare
e allor non oso immaginare il parlare
ché aver queste parole in una mente pote
rendere afflitto certo l'umana spensieratezza.»

Non parlai per la mancata replica
e per il frastuono che mi vide sanguinare
e dagli orecchi i lamenti cacciare.
Così apprestammo il cammino

e quando vedemmo lo centro della procella
scorgemmo la parte del fiume più ampia
che ci chiedemmo da quale fonte arrivasse,
e poi, ineluttabilmente, riconoscemmo il Lete.

Lì, vicino all'oblio, v'erano anime
che bevevano l'insicure acque.
«Cosa fa quella perduta gente? Cerca forse
le lunghe dimenticanze sull'onda del fiume Lete?»

Ci avvicinammo a lor velocemente,
con curiosità e anche lieve pena,
e giunti al beveratoio fermammo un uom
ch'ancor colle mani conche stava per porre

labbre sulle fredd'acque.
«Ch'accadde? Ferma la mano!»
Grida'io a quello ch'ignorando bevve.
«Ora è inutile, anche del nome avrà dimenticanza.

Fermiamo gli altri, prima che compiano tal errore.»
Disse a me l'alto pittore eppur non mi mossi
ch'io negli occhi ebbi scrutato del bevitore,
e non furon occhi quelli privi di passato.

«Chi tu sia? E come facesti a bere le dannate acque
senza far delle memorie poltiglia?»
E quello diede inizio ad un pianto senza fine
e tra i singhiozzi bisbigliò:

«Fui l'uomo che per primo sconfisse il Tempo,
fui l'uomo che tutti pensavano stolto
sol perché ero innanzi a loro e tacevo.
Fui l'uomo odiato e fui l'uomo amato:

quando non sprecavo parole per dei stolti
ero odiato e incompreso, pensato come inutile;
poi, quand'iniziai a parlare, diventai ammirato
e il mondo s'innamorava anche se nessuno capiva.

Delle mie parole v'era solo una finta chiarezza,
un cenno del capo o un sorriso mendace,
ma solo perché il mio parlare sembrava importante,
anche se non lo si capiva, lo si venerava.

Ora quell'importante parlare è crescente,
sempre più pressante e doloroso
ché la verità sugli uomini non è mai bella
se non si è fuori mente o ignorante.

E allora qui noi tutti veniamo
per cercare di dimenticare quel troppo che conosciamo
ma ogni volta che l'acque beviamo
l'oblio torna a noi e s'espande;

come se perdemmo l'acque del Lete piangendo
e dal pianto si liberasse anche la nostra voce
ma almeno tutti noi, ment'incomprese,
possiamo condividere la sapienza accumulata

e sì essere più doloranti ma uniti
nel nome di quella 'scienza
ch'ebbe già l'innocente felicità piegata
per lo nome dell'austera verità.»

Seguite le parole del scienziato mirabile
arrivò un altro dei grandi cervelli
a cui prim'ancor di domandare nome
ci strinse il palmo e cominciò:

«Non contate ciò ch'io fui.
M'occupai d'arte e delle arti non v'è una
che io non conobbi e ne diventai maestro,
eppur gli uomini mi prendean per scellerato

solo a motivo d'essere omo sanza lettere
ma nessuno seppe parlar meglio
nella lingua materna che conobbi
e allor lasciai loro giudicare mentr'io mi misi a fare.

E or son qui al veder i pensieri scappare e volare
per poi ritornare e tormentare.
Ma la mente è grande e grande è il dolore
ch'io e gli altri riusciamo a sopportare.»

Finito si avvicinò un altro dal passo lento:
«Che bell'é esser qui?
Le condizioni mie non mi permisero
di parlar sul mondo dell'umana gente

eppur trovai una bocca non mia
che muoveva dal mio cervello.
Vedo bene che già avete avuto gli onori
di conoscere i due migliori, di cui

l'onore trascina il vento in ogni dove
e io al loro pari non mi sento alto eguale,
ma è da loro che presi il mio dire
e anch'io come lui cercai del Tempo la sconfitta.

Fui colui che credeva più di tutti alla sua teoria
e sul curvar dello spaziotempo affidai un bel giorno
in cui io, nelle condizioni ch'ero in terra,
mi misi bello festoso colle cose d'una gran festa

e aspettai gli invitati ch'ancor aveo da invitare
ché il Tempo è falso e ingannevole
e pensai d'aver compagni per festeggiare
ancor prima d'usare l'inchiostro per annunciare.»

E poi i tre dissero insieme:
«Ora dovreste proprio andare.»
e invitatoci dolcemente a proseguire
ci fecero un cenno del capo che dovetti capire.

M'allontanai col pittor che volea restare
e di lontano vedemmo i tre avvicinarsi
al fiume che dovea far dimenticare.
I tre bevvero le dannate acque dell'oblio

e quando l'ebbero in corpo si levò
un urlo nell'aere più potente
della forza dell'onde e delle nuvole,
più alto del foco e della terra,

il cui eco rimarrà in eterno
in quel turbine dei più alti pensieri
all'aspettar di qualcuno coraggioso
che voglia soffrire pur d'imparare.

Canto 31

Or giungemmo nel sacro pertugio
ov'ogni liber'anima a sentir potea
negli secoli etterni tutte quelle voci
sussurrate d'este rocce senz'età

che secondo la legge del forte loco
qui giacciono i liberi eroi opposti al tiranno,
i pochi opposti ai molti, e este pietre
videro ch'anche un dio re può sanguinare.

Abbassatomi io a toccar quell'acido
dorato ch'ancor il terreno era pregnato,
urlò il mio pittor ancora spaventato:
«Mira l'angusto corridoio.»

E io vi guardai e curioso iniziai
a udire le parole di quel grande generale
che a lottar si trovava contro quel figlio
prediletto della siriana Palestina.

Allor mentr'andammo in quella via
per sentir lo scontro, a raccontar dissi prima:
«O caro pittor, esto generale ha lunga storia:
ancor quando l'età del crepuscolo non fosse

ancor calata sugli dei, la leggenda che noi or vedemmo
s'erse per la rivendica del trono tra loro.
Gli artigli della morte a sconfigger non lo ebbero,
le sorelle del destino non lo fermarono.

E in questo giorno l'uomo, la leggenda,
Leonida, otterrà la sua vendetta.»
Arrivammo al principio dello scontro
dove il barbaro rispuose alla sorda domanda:

«Ti conosco bene, uomo.
Sei il fantasma di Sparta, tutti sanno chi sei.
Tutti hanno paura di te.
Riprovevole spreco sarebbe perdere un prode

re co' tuoi meravigliosi soldati.
Dunque a dimenticar devi la battaglia ch'iniziasti.
La tua, greco, è una tribù fascinosa:
anch'ora sei spavaldo di fronte la presenza d'un dio.»

«Tu, barbaro, a saper sapesti mai
che la madre d'ogni civiltà fusse la Grecia?
Noi regalammo al mondo ogni cose:
l'alta lettura e scrittura, la grande mano,

l'alto ingegno, il gran riso e il profondo pianto.
Il mondo fusse orfano abbandonato e
la Grecia l'ha adottato e allattato.
E ora tu, ultimo dei figli, osi il codesto parlarmi?»

«Non è da uomo saggio come dici ciò che fia.
Mai mettersi contro me, poni mente sul fato orribile
ch'attende i miei nemici mentre poni lo guardo
nel riso dell'uccidere i miei fideli per lo giuoco.

Voi greci siete in letto con la vuostra logica
a ragion a suggerir faccio di farne uso.
Poni pensiero al terriccio che difendi o
alle vostre donne ch'osano parlar tra l'uomini.»

«Attento a ciò che parli barbaro,
sappi ch'a Sparta ogn'uom rispuonde di quel che dice.»
«E dunque? Io già ne feci giuoco delle vostre donne
e a rider mi trovai nelle loro urla del foco.»

«Tu, barbaro, morirai! E co la morte tua
al suolo andranno lo falso credere e
il pensiero vero della Grecia tornerà al meritoso posto:
nel capo di tutte l'umane genti.»

«Tu tremerai per lo mio potere.
Non fu il camminar de la terra ma
l'orda delle miei genti ch'a ballar
iniziarono l'alte monti della Terra.»

«Possiedi maree di schiavi ma pochi son i tuoi guerrieri.
Come fu all'ora della tua nascita, non troppe
lancette muoverannosi ch'elli temranno
la lancia mia in mod'alto della frusta tua.»

«Non sarà gloria nello sacrificio che vuoi fare.
Come feci con molt'altri duopo la mia venuta,
dannerò la tua memoria d'ogni mente.
Ogni ricordo greco vedrà il foco,

ogni scritto che venia contr'a me marcirà,
ogni scriba avrà tagliate le mani e
ogni genio avrà tagliata la lingua.
Niuno nominerà la sapienza che tu porti.

Il mondo non saprà mai chi fosti.»
«Quand'io nacqui, alla tua diverso, a me dissero
di mai voltar lo passo, e mai rimaner allo terreno
e che morir a ciò che credo sia la summa gloria.»

«Spartano, niun'omo sarebbe dovuto iv'essere,
ma forse tu non fosti omo certo.
Non ti conosco se non la tua leggenda,
ma ogni cosa t'abbia portato qui sarà l'ultima delle cose.»

«Comenci a tremare barbaro prediletto?
La paura fu in me costante compagna
ma accettarla mi rese più forte
e qui la combatti in cerca di quell'aiuto.»

«Greco! Se la vita del tuo popolo
ha valore alto più del tuo sentirti, vuoltati e cadi sulle gambe.
Io prendo e controllo ogni cosa cui lo guardo guarda.
Piega le ginocchia e ti lascerò lo respiro.»

«Mira bene il prossimo fiatar de la bocca
ché potrebbe essere il tuo ultimo da re e deo.»
«Niuno, né alato né demone, mi minaccia.
Vedrai lo sangue per lo tuo dementare.»

«Demento? Io sono spartano.
Ricuorda: prima testa, poi core.
Ma tu non avea d'esti problemi ché già
nascesti ch'entrambi persi.»

Lo pittore, fecemi segno di levarci
ché lo scintillar dell'armi avea preso inizio
ma tifeggiante nello scontro rimasi v'ero
e a crear lo carbon vide nuovo masso dinanzi.

Chiese lo gran pittore a me:
«Lo della terra tremarsi?» spaventato per lo muoversi.
E io non voltando l'occhi dallo scontro:
«Formazioni da battaglia.»

«Consegna l'armi, greco.»
«Nazareno, μολὼν λαβέ.»
Li greci erano nello numero di molto più piccoli
dei barbari che li passavano di centinaia di volte.

L'olifanti suonarono dall'alto delle nubi
e sparì il sole e lo cielo per lo nero delle frecce.
«Attacca ora, spartano!»
«Meglio così, barbaro, noi combatteremo nell'ombra!»

Così, vuoltosi ai suoi amici e non uomini:
«Qui è dove li bloccheremo, qui è dove combatteremo,
qui è dove moriranno.
Onorate gli scudi spartani!»

Li barbari invece all'onorare non erano
ch'infatti abbandonar più volte lasciavano
per tenersi salvo la carne e a mandar lo erano
in malora aspettando d'un altro prendere.

Leonida, il re e il fratello, si voltò l'ultima volta:
«Ricordate questo giorno uomini
ché questo giorno è vostro e lo sarà per sempre.
Non cedete loro niente, ma prendete da loro tutto!»

E si tuffò nel mar de li soldatini
mentre l'altro re sedeva sul trono.
L'ultimo grido del combattente re:
«Niente prigionieri! Nessuna pietà!»

Il battagliare culminò e lo re buono
non per lo numero inferiore ma per lo tradimento
venne sconfitto da quel falso dio
che pensava d'esser vittorioso.

Si ritrovaron di fronte in fronte:
l'uno sanguinante, l'altro giocoso.
Il greco sapeva d'aver perso ma tentò
di far ciò che più si volea fare.

L'elmo lo soffocava e gli limitava la visuale
e lui a vedere doveva lontano.
Lo scudo gli pesava e gli sottraeva equilibrio
e il suo bersaglio non s'avvicinava.

«Hai perso, greco.»
E la lancia del prode Leonida lasciò lo braccio
a cercar la testa di quel codardo barbaro
e, trafitto dai dardi, la vide fissa sopra il trono.

Il suo urlo fu prolungato e intenso.
«Fa' qualcosa» prese parola per primo il pittore
e io rispuosi: «Ha vinto:
Non doveva ucciderlo, ma sconfiggerlo.»

«Fratello che lì guardi,
goduto lo teatro ch'avesti dinanzi?»
A me rivuolse lui lo suo riso stolto
«Son lieto della tua disfatta»

E mentr'ancor avea sghignazzi
a veder lasciò li occhi lo suo corpo
ch'andava in frantumi e chiamando lo padre
supplicava l'aiuto che niuno potea dare:

lo falso dio sparì nell'aere e di lui
neanche la cenere volle avere rispetto
mentre lo corpo di Leonida marmoreo
veniva abbracciato dal verde floreale.

«Che fu?» chiese lo pittore
«"Ricorda chi eravamo, ricorda la ragion del morire":
lo più semplice comando che un re possa dare.
Leonida non volea tributi, o cantare, o statue, o poemi.

Lo suo desiderare era semplice:
"ricorda chi eravamo".
Lo tempo divor'ogni cosa
e sopr'ogni cosa piace mangiar li falsi dei.

Un ricordo è etterno e Leonida etterna dura.
I figli dei fratelli suoi nasceranno pe'ricordarlo
e la sua gente vivrà pe'rispettarlo.
È questo l'infinito divenire e il vero vincere.

Dell'altro re altra cosa si potea dire
ma ora non sprechiam parole per cose
ch'il tempo ha deciso di dimenticare
e continuiam il passo ch'altrimenti andiam a ricordare.

La Comedìa

Canto 32

Andammo e ci perdemmo
per lo buio che v'era in ogni dove
ma di lieve paremmo di veder
un alto canto che mutava a riso.

Passata l'oscura via ci voltammo
e a capir vedemmo l'albero ch'era
in mezzo al bel giardino la più
scempia prova voluta dal padre.

Continuammo senza troppo guardarlo
ch'infatti a nessuno interessava un giuoco
del padre ch'avea finito i bamboli
ma quand'ecco lo distogliemmo da lo guardo

sentimmo l'immane calore bruciarci
e allora lo riguardammo e v'era ormai
una gran scintilla e ai piedi
polveri troppo vecchie p'esser altro.

V'era sol uno che poteva far tal danno:
«Mio cuore e polso del corpo»
echeggiò nelle nubi scure ch'iniziavano
ad aprirsi e lasciar vedere anche l'impossibile.

E il pittore attaccatosi al mio arto:
«Chi parla che non vedo anima niuna?»
E io ch'ebbi già lo battito impazzito
attesi con calma ch'ella rispondesse.

«Chi tu puorti attaccato al corpo
ch'ancor non avesse il mio curvare
e vuole risposta ancor prima ch'io
possa già con te parlare?

O, sei tu dall'alta mano.
Sol tua accetto la vicinanza vista
a quella ch'è la carne più bella
e l'intelletto più alto del grande esistere.

Io sono Lilith, la donna che piega lo scritto,
la cacciatrice di sogni, il serpente del sapere
col morso bruciante d'illusioni dell'esistenza,
prima moglie dell'uomo voluta dal padre

per essere schiava di sesso ma
ch'abbandona l'uomo e sfida il padre.
Io sono il liberar degli istinti e la lussuria,
sono la carne e la lotta contro il negato.

Io sono la donna che mai nessun uomo fugge,
la donna ch'anche il padre non desidera sfuggirle
e l'unica che può dar vero amore a chi t'accompagna.
Io sono le due lune:

la nera ch'è di tutto bianca,
ché la mia purezza è la scintilla della depravazione,
e la mia astinenza l'iniziar del possibile.»
E mirandola presi a parlare:

«Tu fosti la ragione del mio lottare.
Colei creata bella come un sogno,
la prima ch'ebbe l'alto sesso,
la tanto desiderata.

Tu che fosti creata non dal capo
perché non t'insuperbissi,
non dal guardo perché non fossi ansiosa di vedere,
non dal sentire perché non fossi curiosa d'ascoltare,

non dal parlare perché non fossi ciarlatana,
non dal battito perché non fossi fragile,
non dal toccare perché non scegliessi l'agire al pensare,
né dal camminare perché non fossi vagabonda:

ma da dove è nell'uomo nascosto e quando l'uomo è nudo
quel luogo è ancora coperto.
Tu fosti l'unico mio suggerimento al padre.»
«E io ancor son qui a ringraziarti,

tu che mi insegnasti il respiro
e come usarlo in battaglia,
per sempre avrai il mio cuore intero
ch'io senza te non viva

perché noi siam l'amore
dell'uom ch'ancor ci crede:
siamo l'eros che pervade il cantico dei cantici.»
E avvicinatasi riguardai i bei occhi di cui mi persi:

«Io credo, per l'acume ch'io soffro
del vivo raggio, ch'io son smarrito,
se li occhi miei da te fossero aversi.
O com'io feci a ficcar lo viso per la tua eterna luce?

Tanto che d'allor la veduta vi consunsi.
Nel tuo profondo vidi che s'interna,
legato con amore in un volume,
ciò che per l'universo si squaderna:

sustanze e accidenti e lor costume
quasi conflati insieme, per tal modo
che ciò ch'io dico è un semplice lume.
La forma universal di questo nodo

credo ch'io vidi, perché più di largo,
dicendo questo, mi sento ch'io godo.
Un punto solo m'è maggior letargo
che venticinque secoli a la impresa

che fé Nettuno ammirar l'ombra d'Argo.
Così la mente mia, tutta sospesa,
mirava fissa, immobile e attenta,
e sempre di mirar faceasi accesa.

A quella luce cotal si diventa,
che volgersi da lei per altro aspetto
è impossibil che mai si consenta;
però che lo ben, ch'è del volere obietto,

tutto s'accoglie in lei, e fuor di quella
è defettivo ciò ch'è lì perfetto.
Ormai sarà più corta la favella ch'a te porgo,
pur a quel ch'io ricordo, che d'un fante

che bagni ancor la lingua a la mammella.
Non perché più ch'un semplice sembiante
fosse nel vivo lume ch'io mirai,
che tu fosti sempre qual s'è davante;

ma per la vista che s'avvalorava
in me guardando, una sola parvenza,
mutandom'io, a me si travagliava.
O quanto è corto il dire e come fioco al mio concetto!

E questo, a quel ch'io vidi,
è tanto, che non basta a dicer poco.
O luce etterna che sola in te sidi,
sola t'intendi, e da te intelletta

e intendente te ami e arridi!
Qual è il geomètra che tutto s'affige
per misurar lo cerchio e non ritrova,
pensando, quel principio ond'elli indige,

tal ero io a quella vista nova: veder voleva come si convenne
l'imago al cerchio e come vi s'indova;
ma non eran da ciò le proprie penne:
se non che la mia mente fu percossa

da un fulgore in che sua voglia venne.
A l'alta fantasia qui mancò possa;
ma già volgeva il mio disio e 'l velle,
sì come rota ch'igualmente è mossa,

l'amor che move il sole e l'altre stelle.»

Canto 33

All'amore ci lasciammo
che la luna già più volte toccammo.
Il pittore rimase indietro ché volle avere
quel giardino come verde dimora

e mai ci salutammo ch'il pensier ancor mi stringe
ma nei suoi ricordi resta ultimo
l'incontro con la mia bella contro al tempo
che ci divise per lungo schioccare.

Or sono qui, al limite di quel giardino
dove l'erba incontra la roccia rosa dal mare,
e ancor ho avvinghiata
quella donna che la mente avea rapito.

Quand'ella aprirà il profondo guardo
il passo porteremo ai due troni
ch'ancor giacciono sulla punta
del graffiare di quel pittor che mai dorme.

Avea de lo tempo un intero lontano ricordo:
a crollar lo vidi quand'accadde e ora veder vedo
le giornate che rapprendono come il sald'oro
tutt'insieme a crear sì grande collana che

al finir de lo guardo ricomincia d'altra parte.
A cercar cerco di ricordar qualche cosa di felice
ma il genio è perfido e al passar dell'ora
cancella ogni ricordo giuoioso e in fin

a pensar posso solo che il viver mio
sempre fu com'è e allor mi girai
e da quel pittore tornai
che la mano toccai

per lo lasciar di quella donna lontano
che il carbon era più scuro della luce
ch'ella prometteva e allora andai
ma quel fratello non mi disse la parola del padre

ma quando mi vide ad assicurar mi volle
nel bel arrivederci ch'io gli ebbi promesso
e lui non ebbe dimenticato
e allora nel giardino s'ebbe sdraiato:

quel che qui facemmo non è il vile salutar
che si saluta al can legato al palo e andato
ma è il salutar che l'uomo vero fa a quel cane
che presto ad aspettarlo in dosso gli salterà.

E allor proseguii il passo
con il cuor sereno che quel fratello
mai a venir mi tradirà
e anzi gioverà del tempo mortale.

Ma quand'ecco ch'arrivai a quei troni
vidi quell'alto uomo, seduto,
che di fianco al mio dire
portava conoscenza e veritiera sapienza.

E al vederlo già mi tacciai
ch'aveo nella mente chiaro già
ciò di cui ancor non ascoltai
e allor ancor prima di cominciare andai

e al finir di questo parlare
a seder tornai di canto
a quell'uomo che mi comprese
com'io mai compresi il genio

e in silenzio affrontai il vero:
«Tu nato Pio che mai giurasti fede al nome
ancor giaci su quel trono che meriti
e mi guardi di lì in su come se sapessi

cose ch'ancor il guardo mio non vedono.»
E allora lui prese la calma parola
che come il tuono silenziato rombò
nella mente e nel cuore ch'io

credevo d'aver entrambi acute:
«Soggiogasti la mente tua
per lo credere in amore e amicizia
ma forse bontà volle che sbagliasti

e hai una bella ch'è parenza
e di mano mai ti strinse per l'ala perduta
e t'avvicina con la bellezza divina
a quel padre che tu cacciasti

e or vuoi cadere ancor p'ella?
Ma a ricordar non ti vidi che mai tu
avesti padre e mai tu avrai quella luce
che ti vide al nascer con altri.

Tu diventasti quel che tu sei
e ti trasformasti in uomo di virtute
che reprime la falsa sapienza
dei celesti che vogliono rinchiuderti.

Tu non hai un padre e mai l'avesti.
Tu non hai una bella e mai l'avesti.
Tu non hai neppure un fratello, forse lo avesti,
e il suo tradimento ti spezzerà.

I mortali divoreranno la sua anima
e quando tornerà non lo farà d'amico
ma guarderà il tuo bel volto
e più volte si vedrà volto di ribrezzo.

Essere come te, essere come me:
noi non avremo mai ciò che tu vuoi
e il tuo proclamar può solo addolorarti.
Tu sei solo, noi siamo soli.

Ma lascia il tuo ricordo lieve
in modo tale che non possa ferirti
e neppur cancellarsi per il bello
e il vivere che ti porterà.

Sembra bello andare
a cambiar quel che di vecchio
parea stancoso avere
eppure ovunque si va

ritorna sempre il voler cambiare,
quasi come s'ogni cosa stancasse
e fosse a quella lasciata uguale.
Neanche l'umana gente

sconfigge il ciclo del cambio.
Lei che dovrebbe esser tra le cose
quella meno simile a sé,
è poi quella che si specchia

nel bugiardo vetro:
o flebile sabbia
che scorresti nel vetro maligno,
spezzato v'è ogni ricordo

ch'in quel parvo mare solido
v'incontrò il male sanguinando.
Più volte tentai di romperti illeso
ma tu sempre crepasti a caro costo

ch'ogni volta che voglio toccare
un grano della sabbia, che tu hai,
sempre il tocco debb'essere
con dolore e pioggia di viso.

Ma perché tu, malvagio, non lasci
a chi vuole toccare il tuo dentro?
A rompere ti romperai; allora perché
debbi essere così crudele?

È forse la desiderata vendetta quella che vuoi?
S'è vendetta che cerchi allora l'hai
ma non è questa vendetta giusta
poiché ogni volta che ti toccai

il dolore che provai fu quello dei millenni
ch'un uomo nel mondo non conosce
ma tu, arcigno, mi presenti
l'eternità»